日知文丛

文学家之径

黄维樑 著

浙江古籍出版社

图书在版编目（CIP）数据

文学家之径 / 黄维樑著 . -- 杭州 ：浙江古籍出版社，2022.5

（日知文丛）

ISBN 978-7-5540-2202-3

Ⅰ . ①文… Ⅱ . ①黄… Ⅲ . ①随笔—作品集—中国—当代 Ⅳ . ① I267.1

中国版本图书馆 CIP 数据核字（2022）第 044171 号

日知文丛

文学家之径

黄维樑　著

出版发行　浙江古籍出版社

（杭州体育场路 347 号　电话：0571-85068292）

网　　址　https://zjgj.zjcbcm.com

责任编辑　周　密

特约编辑　王钰哲

封面设计　吴思璐

责任校对　张顺洁

责任印务　楼浩凯

照　　排　浙江时代出版服务有限公司

印　　刷　浙江海虹彩色印务有限公司

开　　本　889mm × 1194mm　1/32

印　　张　7.75

字　　数　161 千字

版　　次　2022 年 5 月第 1 版

印　　次　2022 年 5 月第 1 次印刷

书　　号　ISBN 978-7-5540-2202-3

定　　价　48.00 元

自序：心怀自信，在“文学家之径”行走

文章为读者带来“悦怿”

当今学者发表的论文，都是正经八百的学术研究成果报告，力求严谨、精密、理性。1500年前《文心雕龙》所说的“论”，相当于我们今天所说的学术论文，就有这样的要求。其《论说》篇说：“论也者，弥纶群言，而研精一理者也。”“研”就是我们今天说的研究，英文所谓research；“理”就是道理、主题，英文所谓theme。《论说》篇又说：“其义贵圆通，辞忌枝碎，必使心与理合，弥缝莫见其隙；辞共心密，敌人不知所乘。”还说：好的论文要“师心独见，锋颖精密”。这里“师心独见”就是观点独到，就是有创见、有新意。当前学报上登载的合乎要求的论文，都应该如此。

在资讯爆炸甚至过剩的当代，为了职业、为了追上时代而大量地读，高速地读，匆匆地读，囫囵吞枣地读，读一篇篇只有知性没有感性、只有说理没有表情、像扑克脸一样的论文；学术，学术，论文，论文，读论文读得疲累了，趣味索然了。有没有别的选择？有没有另类论文？

有的。《论说》篇释“论”这种文体，还释“说”这另一

种文体："说者，悦也；兑为口舌，故言资悦怿。"意思是"说"的言辞要使人喜悦；用今天的话来说，就是要使人"悦读"。古罗马的贺拉斯（Horace）以"有益又有趣"形容出色的书写，"有趣"也就是能为人带来"悦怿"。

如果把《论说》篇的"论"体和"说"体结合起来，则这样的文章乃能知性与感性兼具，学术与趣味并存，实质与文采俱胜。这样的学术性文章，在中国早已存在，《文心雕龙》本身就是一个范例。

钱锺书与余光中的美文旗帜

令人读来不"悦怿"的现代学院式论文正当道，却还是有另类的文章的。有"文化昆仑"美誉的钱锺书升起一面旗帜，上面绣着"美妙"两个字。关于文学的功能，他在《诗可以怨》中说："同一件东西，司马迁当作死人的防腐溶液，钟嵘却认为是活人的止痛药和安神剂。"他用对仗式语句，在《宋诗选注》中描述宋代的仕宦制度：

> 又宽又滥的科举制度开放了做官的门路，
>
> 既繁且复的行政机构增添了做官的名额。

文学之为文学，他认为必须发挥想象力，应当有"行文之美，立言之妙"；作品能美能妙，读者才会悦然怿然。

另一面旗帜，上面绣的是"以文为论"四个大字，即用散文的笔法来写论文，扛旗人是余光中。他认为评论家也是作家，而作家是文字的艺术家，必须兼具知性与感性；评论家的文章应该写得佳妙，即是要“文采斐然”“情趣盎然”。余光中在其写作文学论文之始，就“以文为论”。《象牙塔到白玉楼》发表于1964年，是他所称的“正规的文学批评”。余氏论李贺的诗，认为这位唐代诗人是现代“超现实主义”的先驱。文章中余氏用了很多诉诸感官的形象语言，如“鬼舟上的僵尸群，七色斑斓的魔海，和海上盘舞的彩蛇”；他用对仗“将雕虫小技视为雕龙大业”；“以此文纪念一位骑赤虬而赴白玉楼的青年诗人”。他自述写作的情景：“在厦门街寓所北向的书斋里，一连五六个春夜，每次写到全台北都睡着，而李贺自唐朝醒来。”

中华学者之外，汉学家宇文所安（Stephen Owen）自选集《他山的石头记》的序言表示，他要用一种“娱思”（entertain an idea）的方式来写作学术文章：“‘论文’是学术作品，于知识有所增益；‘散文’则应该给人乐趣——一种较高层次的乐趣：思想的乐趣。”又写道：“我以为，中国古典文学非常需要‘散文’，因为它已经拥有很多的‘论文’了。”我不知道宇文所安有没有受到刘勰、钱锺书、余光中的影响，无论如何，他的主张，与“言资悦怿”，具“行文之美，立言之妙”，应“文采斐然”，“情趣盎然”之意，并无二致。

随笔：随心选题，笔下成章

我在青少年时期读各种诗文小说，进了大学开始接触刘勰、钱锺书、余光中的作品，读而喜之，且奉之为文章圭臬。从前握管现在敲键，构思酝酿之际，挥挥洒洒敲敲打打之间，自然受到古今智贤俊杰之士的影响，当然自己也会尝试刘勰主张的“通变”（不是“通便”），尝试“开拓创新”。是志业也是职业所需，动辄一二万字甚至长达五六万字的学术论文，数十年来完成的数量，一时难以估算。即使是写这些应该板着扑克脸的学术论文，我也会偶尔让这张脸变一变，虽不至于像川剧变脸一样红变蓝黑变白的大变，却总是会让肃穆的长脸孔，闪现一下小笑脸、小哭脸甚至小鬼脸，让读者“悦怿”片刻。学术论文之外，或应报刊编者之邀，或自己有发表的冲动，乃写起长长短短各类文章，即使是学术性比较浓郁的，我也希望写得有文采、有情趣、“言资悦怿”，做到“提高”与“普及”兼顾，做到“有益又有趣”。这类文章数十年来完成的数量，也是一时难以估算。

今年9月天朗气清之际，我突然接到资深编辑谭徐锋先生的邀请，要我出版一本文集，加入他主编的“日知文丛”学术随笔系列。我与谭先生数年前在北京师范大学有一面之缘，如今相邀，自然欣然同意。在华南的金秋好时光，我收集、数算多年来的文字“秋收”，整理编辑，终于成书了，呈上谭先生，准备将来献给读者。

我所理解的“学术随笔”，其性质相近于刘勰、钱锺书、余光中所看重的那类文章。名为文章，当然要讲究章法和文采。除非是咳唾珠玉、三步成文七步成诗的大天才，否则的话，文章的章法和文采，都是在不同程度的构思经营下才出现的；苦吟和难产的例子遍布中西文学史，杜甫和莎士比亚概莫能外。我自然也不能轻心随意下笔或敲键。依照这样的认知，学术随笔的“随”，可解释为“随”作者之心意选择题材、旨趣、体式；而随笔，应该也是有章法有文采的文章。

文化自信：平心看东方和西方

这本《文学家之径》收入长短文章四十余篇，分为四辑：一为《杜甫不悲秋·莎翁对对子》，二为《让“雕龙”化作“飞龙”》，三为《翻译·新诗·过度西化》，四为《文学家之径》。第一辑戏说中英两位伟大作家杜甫和莎士比亚。第二辑力荐伟大的文学理论经典《文心雕龙》。第三辑闲话翻译、新诗，以及中华学术的过度西化。第四辑美言已故或仍然健在的现代学者作家，健在的，目前也都是超过八十岁的耆英了；已故的钱锺书、夏志清、余光中、流沙河，以及健在的刘绍铭、王蒙、金耀基、李元洛、古远清等耆英，都是在“文学家之径”行走，直通大道，或曲径通幽，留下可贵足迹的大家、名家。我还乐道过很多在“文学家之径”行走的学者作家，可惜相关的文章本书未能收录。至于本人，我数十年来在这“文学家之径”漫步或健行，观看盛放的花卉，收获神思的果实，包括本书的文章；一直行走，以至已生华发而“不知老之将至”。

这 40 多篇文章都是“新作”——是 21 世纪的作品（只有一篇是 1997 年写的，但在 2014 年修订）；其中最近十年写的文章有 40 篇，最近两年的占 40 篇中的 8 篇，可说是名副其实的新作。文章自然绝不能以新旧来分优劣，我更非贪新厌旧之辈——何况新旧都是或可自珍的“敝帚”；这里的选辑，只是为自己设限，定个阶段而已。

刘勰、杜甫、钱锺书、余光中是我从早年开始便特别推崇的中国古今文杰诗豪，从本书这些“新作”的题目、关键词和内容看来，我的情怀一直没有改变。刘勰和杜甫的伟大，不必赘言；钱锺书之为“文化昆仑”，学术界已有共识。余光中广获中华文学界高度评价，有充分凭据。我在中西文化交汇的香港长大和受教育，又曾在西方留学和教书；向来读书做研究，意识里常常中西互相观照。本书的第二辑中，我把杜甫和莎士比亚放在一起，也是出于一种中西并列的思维。我近来想做的一件事，是重读享誉世界的艾略特（T.S. Eliot，曾有台湾学者因尊崇他，把其姓氏中译为“欧立德”）作品，然后拿他和余光中来做个比较，借以说明中华的诗豪比起英美的诗宗，其诗歌题材的多元、内涵的丰富、技巧的精湛，犹有过之。艾略特有世界性大声名，余光中相形见小，而且是非常小，为什么？英文是超强的全球性语言，而中文不是（虽然中文的国际地位目前因为国力增强而正在提升）。

文化自信是国人近年的一个重要理念。我的文化自信，在20世纪六七十年代，在我开始撰写对刘勰、杜甫、钱锺书、余光中等文贤诗杰的评论时，在我析论汉语新文学（包括香港文学）的成就时，已彰显出来。我写文章呼吁不要“过度西化”，不要举头仰望西方的诺贝尔文学奖，也正因为我们应有文化自信。关于文化自信，我要强调说明的是，它不等于文化自大，不等于民族自大。近世中华民族曾处于文化自卑、民族自卑的低潮时期；现在中华复兴，从低潮、从卑下向上扬，但我们不应自大，也没有理由自大。千万不要从文化“脱贫”后，自吹自擂，成为文化的“暴发户”。

1942年钱锺书写的《谈艺录》序言，有常获引用的名句“东海西海，心理攸同”；同属无锡钱氏家族的钱穆，1949年南下香港，创办新亚书院，亲撰的校歌歌词有谓“东海西海南海北海有圣人”。是的，英国人吉卜林（Rudyard Kipling）曾说的不交集的东方和西方，其实是交集的；而且，我们的儒者发现：东方人西方人心同理同。东方人西方人平起平坐，不应自卑也不应自大；如果过去和现在有自卑或自大的情结，彼此应该努力化解，努力消除。世界各国复杂的历史文化呈现种种歧异，对事物常有不同的看法——钱锺书告诉我们“物论难齐”；然而，我们只有一个地球，我们都有生老病死，都有爱有恨，都受新冠肺炎之灾，我们更共同具有基本的核心理念和价值。哪一国的人民或领袖，会认为中国线装书所写的“仁义礼智信”不是美德呢？

感谢各地编辑和读者，希望大家会心且微笑

本书一篇篇带有“文化自信”情怀和理念的文章，分别在各地发表，现在结集出书，我要向各地的编辑先生女士致谢。大名、芳名很多，早年的有如刘以鬯（已故）、何锦玲、胡菊人、丁望、林行止、董桥、高信疆（已故）、蔡文甫、痖弦、杜南发；近年的有如张瑞晏、陈义芝、宇文正、林曼叔（已故）、陶然（已故）、汉闻、马文通、梅子、潘耀明、傅红芬、尉玮、周洁茹、谢天振（已故）、张叹凤、庄向阳、刘静、王卓芬、吴小攀、

张逸良、刘文华，等等；我无法一一列举。我感谢他们厚爱邀约撰稿，或慷慨接受投稿。一计算，本书中有8篇是最近两三年刊载于《北京晚报》副刊《知味》版的（包括谈钱锺书的B.Litt学位，以及对《文心雕龙》纪念馆的咏叹）；主编张逸良先生严谨编辑、尊重作者的敬业作风，尤可钦佩。

文章刊出后，时有相识或不相识的学界文坛中人，口头或撰文表示鼓励；其中黄霖、陈骏涛、郑延国几位特别令我感动。黄教授在研讨会上称述我对《文心雕龙》理论应用的发扬；陈教授把我批判顾彬的戏谑之作，放在其博客推荐的首篇，且逢人说“黄”；郑教授数度看到《羊城晚报》我的《含英咀华》专栏，马上撰文点评，又快又好，可和一些电视时事节目的即时析评（instant analysis）媲美。刘勰叹息“知音难逢”，而我多逢，何其幸运！

最后再向邀请出书，把本书纳入“日知文丛”系列的浙江古籍出版社致谢。“日知文丛”的文体特色，除了上面我的解释之外，可补充形容为“轻型学术论文”，就如音乐之有“轻音乐”。我向来喜欢把比较长的文章分成若干节，每节配以小标题，以显示文章的脉络和重点；这次整理编辑文章，我把原来没有分节且加小标题的较长文章，也照此处理。如此这般，当有助于读者诸君阅读时，对篇章内容的认识和“会心”。《文心雕龙》最后的一句话是“文果载心，余心有寄”，意思是“如果这些文章能够表达我的心意，我的心意就有所寄托了”。我把学术文化的心声寄托在书中，如果诸位能够像听轻音乐那样，比较轻松愉悦地阅读本书，你们“会心”，我就微笑了。我还仿佛想象到你们在会心微笑。多谢阅读，并请指教。

2020 年 11 月 12 日完稿，于深圳福田

上面我说“近来想做的一件事”，是为文比较艾略特和余光中的文学成就；此事我终于做了，拙作长六千余字，是“初论”，今天发表在《南方周末》的《阅读》版。

2022 年 4 月 21 日黄维樑补记

目录

第三辑　翻译·新诗·过度西化

第四辑　文学家之径

第一辑

杜甫不悲秋·莎翁对对子

杜甫旋紧了中文

八年的安史之乱虽然结束，杜甫仍然在支离漂泊之中。他流落在夔州，年迈多病，抑郁寂寞。“在江边，看着一丛丛的菊花，开了一次又一次。两年了，我流下眼泪，像从前那样。所乘的一叶孤舟系在岸边，要乘着它返回故园啊；我的心就由这叶孤舟牵系着。”

杜甫思前想后，“汉朝的一个皇帝，见有日食地震，问匡衡，到底是否施政有得失呢，匡衡上书提意见。我则为了营救吃了败仗的房琯，上书当今的皇帝。匡衡的意见获皇帝采纳，且升了官。而我，杜子美啊，却没有这样的美事：不但帮不了忙，且被贬了官，薄了功名。也还是在汉代，博学的刘向专研经书，著作流传于世。我仕而不优则学，自问读书千万卷，却连传授经学的事，也与愿望相违。我还要致君尧舜上，还要力正乾坤？”

政治和学术，都不得意；不过，杜甫在朝廷也曾短暂风光过。“宫殿金碧辉煌，天子上朝了，在御座上，先有雉尾扇障着他；宫扇慢慢移开，穿着龙袍的天子容颜显现；这时，阳光照射下来，龙鳞闪烁生辉。我看到了威仪的圣颜，我看到了威仪的圣颜！我就在文武百官之中！”

而现在，杜甫在江边，故园归不得，京师去不成。“我曾经住过的长安啊，多大气的都会，多美好的环境。地灵人杰，仓库充盈。遍地甘香的稻米，鹦鹉怎样啄食也啄不完。凤凰这美丽祥瑞的鸟，也飞来了，就栖息在碧绿的梧桐树上。凤凰似乎要成为此地的永久居民。”

上面的几个情景，杜甫写入诗中，只用了四组文字，每组两句：

从菊两开他日泪，孤舟一系故园心。

匡衡抗疏功名薄，刘向传经心事违。

云移雉尾开宫扇，日绕龙鳞识圣颜。

香稻啄余鹦鹉粒，碧梧栖老凤凰枝。

杜甫是经济天才，最能发挥资源（语言）的最大效能（最丰富的含义），把情意景象提炼、浓缩，作最典雅工丽的处理。这四双句子，引自子美美丽而悲伤的千古名诗《秋兴八首》。是对偶句，位于律诗的中间位置。在盛唐众多著名诗人中，杜甫的律诗写得最多。律诗这一形象饱满、格律严整的体式，在杜甫的工笔下建立。

当代景仰杜甫的诗人余光中，转益多师，学习古代诗文，锻炼出自己创意丰盈的美丽中文，就是他所说的“仓颉所造、许慎所解、李白所舒放、杜甫所旋紧、义山所织锦、雪芹所刺绣的中文”。“杜甫所旋紧”，正是经营上面一类律诗诗句的形容。与杜甫一样，余光中也是语言艺术的宗匠。余光中的名诗《乡愁》，就刻石立于成都市的杜甫草堂里。我觉得，此刻石象征了对语言艺术的敬意。

今年世人纪念狄更斯 200 周年诞辰，也纪念杜甫 1300 周年诞辰。我说过，纪念作家最重要的方式之一，是阅读、是朗诵他们的作品，认识他们对人文的贡献，包括对语言艺术的贡献。杜甫旋紧了中文，让我们开动唇舌，朗读并欣赏他的诗歌杰作。

写于 2012 年秋天

杜甫不悲秋

9月上旬的华南和华东，气温仍然常在30℃以上。游览上海世博会那几天，我这个“唯凉”（维櫟）主义者，只觉得甚热。莫不是全球暖化在继续肆虐？到了10月中旬，较南的地方，秋天也应该来了：金风送爽，秋阳温柔，我们精神畅快，过日子如饮醇酒。散文家蔡思果在《香港之秋》中迎接秋天、珍惜秋天，幻想把秋光储存在保险箱，一片一片留待冬、春、夏季分期提出来享用。

在较北的地方，秋天不一定是金了：在古人心目中，可能已沦为银、为铜。宋玉说“悲哉秋之为气也，草木摇落而变衰”；欧阳修说秋天“摧败零落……常以肃杀为心”；柳永喜欢春色烂漫，不堪“冷落清秋节”。杜甫则低吟“万里悲秋常作客”。杜子美尽心尽力于诗歌艺术，常常苦吟；他的《登高》一诗，真是又苦又恨的悲吟，在秋天：

风急天高猿啸哀，渚清沙白鸟飞回。
无边落木萧萧下，不尽长江滚滚来。
万里悲秋常作客，百年多病独登台。
艰难苦恨繁霜鬓，潦倒新停浊酒杯。

当时安史之乱刚结束，国家元气大伤，杜甫漂泊流离，栖迟在长江三峡附近。五十多岁了，糖尿、风湿等病交侵（这些疾病名称是现代学者考证后用的）；除作诗外几乎一事无成，而他的诗知音甚少。子美独自登高，感慨万千，人生不美。古人对这首七言律诗，交相称誉，认为“万里悲秋常作客，百年多病独登台”两句中，就有多层意义：不在温暖的家而在外“作客”，一层；“常”作客，二层；在悲哉“秋”之为气也的季节作客，三层；家园和京城，在“万里”之外，四层；像陈子昂那样古人来者都不见、怆然涕下地“登台”，五层；“独”自登台，六层；当时有“病”在身，七层；“多”病，八层；年逾半百（夸张地说“百年”），老了，九层。悲哀一层深似一层，以至九层，身心几乎陷于九层地狱，至少是炼狱（意大利诗宗但丁《神曲》中的地狱 inferno 和炼狱 purgatorio 各有九层）。欧阳修认为诗文“穷而后工”，杜甫穷困如此，心思气力都用于苦吟，乃成就了杰作。

张爱玲《桂花蒸·阿小悲秋》中那个 20 世纪 40 年代在上海帮佣的苏州娘姨，9 月热过后，天气转凉了，竟悲起秋来；千多年前多愁善感、境遇艰苦的“阿大”——大诗人杜甫——怎能不悲？

现代人拜科技之赐，酷暑寒冬都可以过舒适日子，何患于温带寒凉的秋天？古代的富贵人家，秋冬当然也可以避冻避寒，仍然“乐活”（Lohas）。杜甫如果在开元天宝年间，像李白那样有唐玄宗御手调羹的礼遇，而且“百年歌虽苦，处处有知音”，他岂会悲秋？

如果他仍“乐活”于今日，诗名传遍海内外，他牵着夫人的玉臂，健步如飞，且飞来飞去，到处有知音和粉丝簇拥，香港的大学把荣誉文学博士学位颁予他，台北的“中央图书馆”举办杜甫诗国际研讨会，深圳为他举办“梦典”诗乐晚会，上海世博的“城市：让生活更美好”主题馆展示他“广厦千万间”名句，与莎士比亚的“城市即人”（What is the city，but the people？）隽语并列，子美要远赴深秋的英国，踏着沙沙作响的金黄落叶，在爱芬河边与威廉兄（莎翁名 William）饮酒论文雄哩，他神清气爽如金秋，又怎会悲秋?

［附注］Lohas 即是 Life of Health and Sustainability，意为健康和可持续的生活方式，台湾翻译为“乐活”。

写于 2010 年秋天。

春天，杜甫草堂来了客人

子美可有美美地胖过?

我看过的杜甫画像和塑像，都符合相传为李白所描写的“太瘦生”形态。真是太瘦了。经历乱世、忧国忧民、壮志未酬的杜甫，多病体瘦，是有其情理的。我却一直有疑问，难道子美没有美美地胖过吗？在成都草堂时期的诗人，生活较为安定，身体应该赚些斤两吧。可是，我历次在成都的杜甫草堂看到的画像和塑像，仍都是可做纤体广告的模特儿。

公元 759 年 48 岁的杜甫，在流离漂泊之后，“高壁抵嵚崟，洪涛越凌乱”，终于从艰难的蜀道，来到富饶的蜀地；翌年在朋友资助下，筑建了一座草堂。正如曾枣庄在《杜甫在四川》一书所说：“在这块气候宜人、草木丰茂、百花鲜艳、百鸟争鸣的安静、恬适、富饶的平原上有了一席安身之地，其心境当然非常悠闲自在……大有‘使老人复少’之势。”在成都草堂这几年，是杜甫一生中难得的快乐时光。他所写的诗也少有《悲陈陶》、《北征》、“三吏”、“三别”那类批判现实主义作品，而有《堂成》《江村》《春夜喜雨》《江畔独步寻花》《客至》等怡悦的篇章。《客至》是七言律诗，如下：

舍南舍北皆春水，但见群鸥日日来。
花径不曾缘客扫，蓬门今始为君开。
盘飧市远无兼味，樽酒家贫只旧醅。
肯与邻翁相对饮，隔篱呼取尽余杯。

《客至》附有杜甫自己的注释，注云：“喜崔明府（县令）相过。”其中的“喜”字实在可圈可点。温带地方的春天，继漫天风雪、山寒水瘦、万物萎缩的冬天而至，为大地兴起了欣欣向荣的生机，为人们带来了很大的喜悦；对中国人、外国人，莫不如此。中国诗歌中的春天不用说，让我们看看《英诗金库》（*The Golden Treasury*）的第一首诗，即纳斯（T. Nash）的《春天》。它有这样的片段：

春天，美丽的春天，是年中喜乐之君；
万物欣欣向荣，少女起舞翩翩，
没有刺骨的寒风，只有百鸟争鸣。

杜甫有读书破万卷之志，如生于今日，他极可能是个博览中外群书的学者式诗人，极可能看过纳斯的这首《春天》。子美不薄今人爱古人，应该也认为东海西海有贤人。我们不妨用西海的理论来看《客至》。春天，在现代文学批评重镇弗莱（Northrop Frye）的“基型论”（archetypal criticism）架构中，相当于一日中之晨，相当于人的诞生期，相当于神话英雄的复活期，相当于文学类型中的喜剧。杜甫的《客至》一诗，正有喜剧的气氛。

弗莱（Frye）会说：《客至》呈现“喜剧境界”

弗莱指出，在喜剧境界中，人的世界是社团；团聚、秩序、友谊是常见的（基型的）意象。在《客至》里，我们看到杜甫与崔明府的叙谈、饮宴，这正是团聚与友谊的表现；蓬门为友而开，此“开”正是开放、友善之意。连鸥群也天天都来，和谐的气氛十分明显。

弗莱又认为，在喜剧境界中，动物世界可以是驯良的飞鸟，如鸽子。《客至》写的是鸥，是可以“相亲相近”的水鸟（杜甫《江村》一诗有“相亲相近水中鸥”之句）。

弗莱又指出，在喜剧境界中，植物世界是花园之类。《客至》虽然只轻轻提到“花径”，并没有进一步写到争妍的百花；不过，我们已大可因此而联想到那一片烂漫的锦城春色了。

弗莱又认为，在喜剧境界中，矿物世界是城市，是居所，而非沙漠、废墟之类。《客至》的地点正是有花木园林的“舍”——草堂。

弗莱又指出，在喜剧境界中，不定型世界是河流，而非妖怪出没的汪洋大海。《客至》写的是“水”，大概是草堂周遭的百花潭水、浣花溪水或锦江——多美丽可爱的名字！

弗莱又认为，在喜剧结束时，通常有宴会或者喜庆仪式的场面；这类场面如果不在结束时出现，就在结束后马上出现。他又说：喜剧的特色之一，是在剧终时容纳很多人，能容纳多少就多少。

至于弗莱的另一论点——喜剧通常以快乐结局——那已是

人所共知的了。回顾《客至》，我们发现杜甫冥冥中又符合了弗莱的理论。此诗的后半部，写的正是饮宴的场面。草堂离市区远，菜肴不丰；诗人又不富有，只好以旧酒飨客（“盘飧市远无兼味，樽酒家贫只旧醅”），但他竭诚待客，满怀高兴。为了增加热闹的气氛，诗人建议邀请隔邻的人来喝一杯。崔明府自没有不同意之理，第七句的“邻翁”，可说呼之欲出；换句话说，这出不是戏剧式喜剧的“喜剧”，到了最后，人数是愈来愈多了。

弗莱的“春天—喜剧”说之外，还有“秋天—悲剧”说。弗莱的“四季—四种文类”理论，使我想起我国伟大批评家刘勰在《文心雕龙·物色》的一番话：“春秋代序，阴阳惨舒；物色之动，心亦摇焉。……是以献岁发春，悦豫之情畅……”异代异国的两位批评家，见解冥冥之中如此契合。英国人吉卜林（Rudyard Kipling）说东是东，西是西，东西两方不相遇。我则认为，尽管东西文化有千百种不相同处，却也另有千百种相同处，而相同者更多。

草堂可展示“西方视野中的杜甫”

近年成都的杜甫草堂大幅度扩建，游客更多。对中国文化有较大兴趣的外国游客，到成都一定会细细游观草堂。扩建了的草堂，如果有展厅大规模陈列中外学者的杜甫研究资料，包括“西方视野中的杜甫”之类文献（如上述用弗莱理论析《客至》），则对“杜甫学”、对中外文化交流的推进，应有贡献。如果从又文化又商业的角度出发，则大可开设一间据《客至》而来的“蓬门餐厅”，陈设古朴，供应川菜。厅内有《客至》图文并茂的介绍，有杜甫诗的配乐吟唱，有一尊不瘦的杜甫塑像——当然不必像想象中的李白那样胖。

今年我们庆祝大诗人杜甫1300周年诞辰，在仰观一位“致君尧舜上，再使风俗醇”的诗史之外，也可平视一位“花径不曾缘客扫，蓬门今始为君开”的诗友。4月下旬笔者将有成都之行，会重访草堂，走遍整个景区，先寻访一位“太瘦生”之外的杜甫。

写于2012年春天

读书破万卷

——代拟杜甫在深圳福田“中心书城”的讲话

千年盛事：“杜甫很忙”

首先感谢中华万卷基金会的盛情邀请和悉心安排。今年初我从长安（西安）出发，南下成都，东飞长沙，北上北京，再南下济南，又至南京、上海。这些地方多半是我生平走过的。在山东与李白的相聚特别难忘，有学者说这是两颗天王巨星的交汇。然后我跨越东海、黄海至首尔，再飞越太平洋至旧金山，本来是要经东京的，但因为众所周知的事情，我拒绝了。此事令很多扶桑的杜甫专家失望，不过实在不能不坚持原则，不能不表示“寇盗莫相侵”的态度。

从旧金山再到芝加哥，到纽约，再横跨大西洋，至伦敦、巴黎、柏林、罗马，继续东飞至马德里、新加坡，至台北。西飞香港，从福田口岸过境到深圳，来到这里的中心书城。“2012 杜甫年”即将结束，这对我来说是千年一遇的盛事；准确地说，是 1300 年一遇的盛事。英国有“狄更斯 2012”，我们中华有“2012 杜甫年”；我五十多岁时感叹的“百年歌自苦，未见有知音”的情景完全改观。

今年我所经过所停留的地方，处处有人买我的书、诵我的诗，真是一城一书香，一市一诗韵，从《春望》到《秋兴》，从《兵车行》到《丽人行》不下百首，用陈忠实的秦腔、流沙河的川调、李元洛的湘音，以至旧金山、纽约的美式英语和伦敦的牛津英语。众声浓淡刚柔轻重抑扬。我虽然不尽听得懂，在罗马时更认为朗诵者简直像男高音卢奇亚诺·帕瓦罗蒂在唱歌；又有人把杜甫读成“豆腐”，有人把子美念成 Jimmy，我还是大乐：“此曲只应人间有，天上那得几回闻。”

我朗诵，听人朗诵；我演讲，听人演讲。我为读者签名。我接受访问，问题包括对莫言获得诺贝尔奖的看法。我说恭喜他，说他与我一样用“形象”来“思维”；说他与我一样视写作为终生志业；说他四十天写出五十万字，我“新诗改罢自长吟”，我因为作诗慢作诗苦而“太瘦生”，而他胖嘟嘟；说他名为莫言而我祖父名为审言；说他写蛙而我咏马；说他写人被宰割、被剥皮真的太太残忍恐怖了而我只写“朱门酒肉臭，路有冻死骨”；说他有酒“莫言醉”而我“潦倒新停浊酒杯”；说他 57 岁就得超级大奖而我 58 岁升天到白玉楼之前诗歌连《河岳英灵集》都没有入选；说他和我都关心民生疾苦，而这是极为重要的。

杜甫可惜没能“长作福田人”

这一年，正如网络上大画特画的，“杜甫很忙”。我这一年还忙于逛书店，国内大小城市的书城都留下我翻书的手迹，欧、美、韩的我也浏览。美国的 Barnes & Noble，英国的 Foyle’s（哈哈，有人翻译为“蜉蝣肆书店”，里面有霍克斯译的《杜甫诗选》）、首尔的教保书店（里面《大长今》的书还有很多）。咱们台北和香港的诚品、Page One、三联，我当然绝不放过，都细细考察了。我最喜欢的是福田这里的中心书城，原因并不是书城正在筹备举办作为“2012杜甫年”压轴好“秀”的“杜甫特展”，也不是它的书最多、陈设最华丽；而是这个书城阔大平旷，一层楼而千卷万卷分类清晰、摆设整齐，在这里天高地迥，宁谧舒畅，加上其他种种配套设施，令人赞美有加。

“读书破万卷，下笔如有神”是我的夫子自道，也是我勉励年轻人的话。比我晚生一个朝代的苏东坡，“日啖荔枝三百颗，不辞长作岭南人”；我呢，只要在距离书城三百米的范围内有个住所，我不辞长作享书福的福田人。当然，我明天就要飞返西安，也就是昔日的长安，然后回到天上的白玉楼，在那里只跟李白、李贺、李商隐三李相处，就快活似神仙了。我怎有可能长作福田人？

中华万卷基金会的会长昨日邀请我在深圳读书月做个专题演讲，并指定题目是《读书破万卷》。跟我谈诗论文的钱锺书，真正是读书破万卷的博学鸿儒，你们可请他下凡来讲这个题目。他如婉拒，可请钱学专家来演讲，这样也可表示对钱先生的尊敬。（你们即使给他的出场费高达二十万元，这位姓钱而一生视钱为无物的锺书先生也是会婉拒的。）钱先生是读书的象征。我的最大抱负是“致君尧舜上，再使风俗淳”。当前中华民族中兴、复兴，昂昂然屹立于世界；但污染腐化之事，不胜枚举，风俗不淳。我们读书、修身养性、身体力行，是可以“再使风俗淳”的。

我回到高高的天上，仍然要读书，要写诗，为凡间的民众请命；像我的晚辈范仲淹一样，在天上“先天下之忧而忧”。

写于 2013 年 10 月

杜甫在香港

洋人也来游览“豆腐”草堂

有“诗史”“诗圣”之称的杜甫，一生去过很多地方，其一是成都，那里有草堂。杜甫在草堂住过四五年，这杜工部之屋，一千多年来有过多次修葺和扩建工程；现在的草堂规模宏大，为国家4A级旅游景区，是我们瞻仰伟大诗人的圣地，我曾多次造访。人潮中，各地的炎黄子孙济济一“堂”自不必说；每次都有“红须绿眼”的外国游客，手执厚重的导游书，来向“Du Fu”致意，指认景区的楼阁园林。有一次一洋人和我搭讪，把杜甫二字读成“豆腐”那样的音，令我莞尔。西方学术界对中国诗圣向来有兴趣，虽然其浓度远比不上中国之对英国“国宝”莎士比亚。今年春天英国广播公司推出纪录片《杜甫：最伟大的中国诗人》，颇获好评，编导讲述诗人的生平，镜头自然有聚焦于成都，还把观众带到杜甫去过的其他地方，计有西安、巩义、曲阜、成都、洛阳、天水、夔州、长沙、平江等。

杜甫自幼聪慧，“七龄思即壮，开口咏凤凰”，巩义是其出生地；“致君尧舜上，再使风俗淳”，书生渴望入仕，首都长安（今西安）是其理想地；在洛阳与李白“双星”相遇，传为美谈；草堂对避乱的中年诗人来说，有如桃源，成都成为他平安幸福之都；“老病有孤舟”，此舟停泊的平江是其生命的终点站。“诗是吾家事”，杜甫时时处处都写诗（几乎像当今喜欢发动态到微信朋友圈的人，天天有图有文发放）；追寻杜甫踏足的土地，是一种诗歌的历史文化之旅，地就是诗，诗就是地。上述其他地方都有杜甫留下来的或实或虚的“古迹”，皆受青睐，往往被视为旅游资源开发的宝地；最近网上出现图诗并茂的《跟着杜甫游天水》资讯，天水（古之秦州）马上引起雅士们“打卡”的兴趣。

李白诗赠杜甫只言“酒”和“醉”

据说杭州也是杜甫旅居之地。今年春末在杭州会友，吃饭的地方在“杜甫村”，村内有地铁“杜甫村站”，文献称杜甫在此地住过大约十天。杭州是历史文化名城，杜甫来过，更添亮色。把盏谈笑间，我豪迈放言：香港也有历史文化，杜甫也来过香港，而且长在香港——意思是杜甫的诗歌艺术和仁爱思想早就来到香港，存在于香港。

即使在英国殖民时期，香港大部分青年学生对草堂诗人杜甫的认识，我印象中，还是多于对爱芬（Avon）河边的莎士比亚。香港的大学中文系讲授杜甫诗、研究杜甫诗，相关的著述颇可观。学长兼旧同事邝健行兄，曾在希腊深造八年，获博士学位，而中国古典文学修养同样精湛。他探讨李白杜甫互赠的诗歌数量为何多寡悬殊，就很见情理。流传下来的作品中，杜甫怀赠李白的诗有十四五首，李白怀赠杜甫的诗只得两首。我读了邝氏书后重温有关诗篇，发现杜子美赞美李太白的诗，有“白也诗无敌，飘然思不群”“笔落惊风雨，诗成泣鬼神”等名句；太白怀念子美，也见“思君若汶水，浩荡寄南征”的深情，然而太白二诗的关键词都是“酒”和“醉”，“诗”不与焉。

为什么李白不涉及杜甫的诗，邝教授有解说。李白比杜甫大 11 岁，杜甫 33 岁时与李白在洛阳相遇，当时李白的诗名满天下，而杜甫在政坛和诗坛都籍籍无名。杜甫两年后到长安，虽然长安居大不易且大不顺，他一住十年，在资讯便利的国际大都会，李白的新作容易流通到京华，让知音杜甫欣赏到。反过来，李白失意于朝廷，离开长安后这里蹉跎那里流转，所在地多非名城大邑，杜甫的诗不容易流通到李白处。邝健行还指出，比李白年长 12 岁的孟浩然，诗名甚显，王维、李白等都有诗怀赠孟浩然，但其“诗作都不曾对孟浩然的作品有所论评”。这样看来，写诗友而不谈其诗，可能是当时的风气。我或可补充一说：杜甫不仅爱诗，还爱音乐、绘画、舞蹈等各种艺术，而且乐道人善；他怀赠李白的诗，有“创意”地称赞“诗兄”作品就不奇怪了。

邝氏的《杜甫论议汇稿》一书，精到之见很多，如论杜甫光凭安史之乱以前所写篇章，就可以“站在唐代第一流诗人之列”等。

“四杜”说：闻杜、慕杜、治杜、友杜

香港颇有学者为学既重“提高”，也不忘“普及”。原任香港大学中文系教授的陈耀南博士，在诸多学术专著之外，其《陈耀南读杜诗》一书，在精要解说作品之际，常引申发表议论，其文笔与其口才一样生动风趣；此书自有其学术论著的价值，但贡献主要在“普及”。“李杜文章在，光焰万丈长”，陈教授当然也对杜甫推崇备至，认为人人都要读杜甫。他说：“对于诗圣，最好是：幼年闻杜、青年慕杜、壮年治杜、晚年友杜。”接下来他对如何闻、慕、治、友加以解释，又说我们读杜诗，其“所以应读、堪读与耐读，因为在艺术上，它表现了中国语文最吸引的特色与技巧；在情感、思想上，它显露了人性的光辉，也透示了人力的软弱”。

耀南兄缕述杜甫“对朋友、对众生、对国运、对民命”的深情，也剖示杜甫的好语言。宋代王安石曾论及杜甫和白居易的语言，陈耀南引述其语，并雅致地插科打诨：“正如王安石的名言‘世间俗言语，已被乐天道尽’（可惜他没看过香港八卦杂志），而‘世间好言语，已被老杜道尽’。”当代中华学术界，西化者众多，常常喜欢研究作家和作品如何被“接受”（有所谓 reception theory）。我们知道，“接受”之前，先要有“传播”。陈教授对千年前杜诗的传播不甚了了，他写道：杜甫“流落江湖，浮家泛宅在一条破船，又不如今天的艇户可以拉拉布条示威；连豆腐也三餐不继，真不知他当年写了那么多诗，怎样保存，怎样分发！”陈文“接地气”，这里说的艇户指香港

的“水上人家”，“豆腐”则与杜甫谐音，上文曾提及。

老病穷愁的子美：临终关怀

很多唐诗读者大概都回答不了“保存”和“分发”的问题。我不行，相信另一位尊崇杜甫的诗人余光中也不行。不过，杜甫自珍其作品，余氏对此深信不疑。余光中 1974 年从台湾转到香港中文大学任教授，他在台湾教的是英国文学，到香港教的是中国文学。他有深厚的中国古典文学根底，台湾时期已发表过多篇文章论述唐诗，包括论李贺的长文。当了中文系教授，他接触古代诗文更多，在创作中常歌咏古代文人；1979 年写的《湘逝》，副题是“杜甫殁前舟中独白”，并有“附记”一千多字，对杜甫之死加以考证论断。

余光中根据杜诗“无一字无来历”地写道：晚年杜甫“出峡两载落魄的浪游”，脑中是“秦中的哭声”“倾洪涛不熄遍地的兵燹”，是“病倒”是“惊溃”是“恶梦”；脑中还有而且更多的是古今的屈原、贾谊、李白、高适、岑参、严武，是“李龟年的旧歌”“李娘健舞”“公孙的舞袖”以及“南薰殿上毫端出神骏”的将军曹霸——杜甫脑袋里装满了他敬佩的诗人、画家、音乐家、舞蹈家。冯至的《十四行集》里有一首《杜甫》，此诗中杜甫的形象并不鲜明突出。余光中不同，《湘逝》处处可见主角的生平事迹，杜甫病恹恹，形象却是活生生。余氏曾戏称杜子美的洋名可作“Jimmy”（可能香港的大中学生也这样开过杜甫的玩笑），《湘逝》却是情思沉郁的。

比较冯、余对杜甫的书写，还有话可说。冯至1962年写《晚年杜甫》，记述诗人在潭州（今长沙）与农夫和渔夫的交往。他同情民间疾苦，为其请命。他们互相帮助，杜甫卖药，渔夫卖鱼，真是相濡以沫。杜甫在此地遇到诗的知音，冯至只简要叙述。余氏《湘逝》的记叙重心大异于冯文。赴潭州之前，杜甫有“百年歌自苦，未见有知音”的慨叹，《湘逝》大书老诗人对诗歌及其传后的关怀，这八十多行长诗的最后五行是“汉水已无份，此生恐难见黄河 / 惟有诗句，纵经胡马的乱蹄 / 乘风，乘浪，乘络绎归客的背囊 / 有一天，会抵达西北的那片雨云下 / 梦里少年的长安”。“诗是吾家事”，也可说“诗是余家事”，古今两位诗人都极为关心“自珍”作品的传后。写《湘逝》时，余光中在华人文学界已享大名，《湘逝》中杜甫的愿望，也是现实中余光中的愿望——后来凭着《乡愁》一诗，愿望成为了事实。

“光芒万丈”照香江

以上举隅式略说杜甫在香港如何被“接受”。在香港，尽管因为时代社会和接受者的主观态度，“接受”的方式和重心与内地难免有异；然而，“光芒万丈”所披，同种同文的同胞，同样尊崇和赞誉“诗史”“诗圣”。杜甫的精神和诗歌一直在香港，也一直在隔着“一湾浅浅海峡”的台湾。宝岛的诗人学者如何尊“圣”、研“史”，那是另一个话题了。

此文11月初撰毕，发觉今年（2020年）是杜甫（712–770）逝世1250周年，此文正好做个纪念。

莎士比亚对对子

《文心雕龙》助我们开挖西方文学金矿

两三千年来，中国人一向喜欢对对子，从上古的“满招损，谦受益”到现代的“三星白兰地，五月黄梅天”。对，现在是五月，有浴佛节（佛诞节），我们有“五蕴皆空观自在，一心不乱见如来”“一心常忍辱，万事且随缘”这些来自佛经的对子。5月1日上海世博会隆重开幕，各国云集，我们可能想到“公门桃李争荣日，法国荷兰比利时”这样的对子。把美女俊男喻为5月、且比5月更美的莎士比亚，也对对子。中文是方块字，极有利于工整地对对子；英文不同，但也并非不能成双成对（pair）。莎翁是英国人，不懂中文，他写的是英国式的对子。我们如果用中国文学理论经典之作《文心雕龙》来看莎翁的作品，这本文学理论经典，就如一架开矿的机器，可助我们发掘文学的金矿银矿铜矿。

百年来国人惯于向西方取经。在文学理论方面，我们引入了马克思主义以及后殖民主义等林林总总的学说，中华学者成为西方学者的“后学”。西学固然使我们得益，但中国古代的文论也有其价值。我们不能一切以西方马首是瞻，而应回顾东方的“龙头”——《文心雕龙》。

莎剧《铸情》人物出口成“对”

中外学者用西方古今文论来析评《罗密欧与朱丽叶》(*Romeo and Juliet*，又译《铸情》）的很多，我们也可“中为洋用”：用《文心雕龙》的“六观”说来析评《罗密欧与朱丽叶》，包括主题、风格、文学地位等，指出本剧有其“炳耀仁孝”之处，有其“辞浅会俗”之风。《罗密欧与朱丽叶》的语言华丽，在莎氏全部剧作中，它可能是最讲究修辞的。它多处用“英雄偶句”和十四行诗，其音乐性几近于中国戏曲的“曲”元素，我们可用《声律》篇的理论来分析。它常用比喻，如以太阳、月亮、天鹅、乌鸦喻女子，我们可透过《比兴》篇的理论来加强认识此剧的审美性。它常用夸张手法，《夸饰》篇的理论正用得着。它多有矛盾语，还有类似中国文学常见的对偶语句，我们可用《丽辞》篇的理论来加以剖析。

向来研究《罗密欧与朱丽叶》修辞艺术的学者，如 M.M. Mahood、Robert O. Evans、Jill L. Levenson，对该剧的矛盾语、双关语等都有论述，也提到过它的平行语句；就笔者所知，却还没有人注意到它的对偶语句。

《罗密欧与朱丽叶》讲数百年前意大利维罗纳城的蒙氏和卡氏两大家族为世仇，蒙家青年罗密欧在卡家舞会中邂逅卡家少女朱丽叶，一见钟情，热恋狂恋起来，且于翌日，就在一修道士主持下，秘密举行婚礼。卡家一青年杀死罗的挚友，罗悲愤而杀死凶手，被维城公爵放逐异乡。离开前夕，罗与朱一夜缠绵。卡父有命，要把朱嫁给一贵族青年，朱抗婚，求助于修道士。修道士嘱其假装允婚，并服药假死，“死”后移尸墓地，待罗来墓地与朱会合，再成连理。朱遵嘱而行。可惜罗得到错误消息，以为朱真死；他从异乡奔赴维城，见朱香消玉殒，痛不欲生，自杀。朱药力过后醒来，见罗已死，也自杀殉情。蒙卡二家睹此惨状，悔之莫及，乃言归于好，并允为两个青年铸造金像，立于市。

维城的公爵一出场，在斥责械斗中的两家族青年时，就用了对偶：

> That quench the fire of your pernicious rage
>
> with purple fountains issuing from your veins,

意谓“血脉的紫红泉”浇灭不了“刻毒的愤怒火”。著名的修道士“粲然可观”的一段话，也有不少对偶语句。他一开口就是“句中对偶”：“The grey-eyed morn smiles on the frowning night”，“灰眼的黎明”和“皱眉的残夜”是也。接下去，修道士发表议论：

> The earth that’s nature’s mother is her tomb ;
>
> What is her burying grave that is her womb ,

或可把这“双句对偶”这样译出来：

> 大地者，万物之生母，亦万物之茔墓；
>
> 是埋葬之坟场，亦出生之子宫。

朱丽叶的保姆、罗密欧的好友也出口成“对”。男女主角双双对对的对偶语句更多。行过婚礼不久，朱听到罗杀死其表哥的消息，不知其详，只觉惊骇，乃骂起罗来，这里对偶语句接连出现，如："毒蛇的心，娇花的脸（serpent heart，flowering face）""披戴羽毛如鸽的乌鸦，饕餮食物如狼的羔羊（dove-feather'd raven，wolvish-ravening lamb）"。

《铸情》最精彩的"反对"

《文心雕龙·丽辞》开宗明义就说，用丽辞（即对偶）是自然而然的事："造化赋形，支体必双，神理为用，事不孤立。夫心生文辞，运裁百虑，高下相须，自然成对。"上古时期，文辞质朴，已有丽辞，到了汉代，"丽句与深采并流，偶意共逸韵俱发"，可谓大盛。刘勰指出，对偶有言辞的，也有典故的，后者较难得。他又认为"反对"（语意相反的对偶）比"正对"（语意相同或相近的对偶）优胜。刘勰认为"反对为优"，其观念和亚里士多德在《修辞学》中所强调的对比予人鲜明感觉，可互相印证。本剧中最精彩的"反对"大概是下面这一处：

> Love goes toward love，as schoolboys from their books；
> But love from love，toward school with heavy looks.

梁实秋的中译如下：

> 赴情人约会，像学童抛开书本一样；
> 和情人分别，像学童板着脸上学堂。

这对偶句，今天的大中学生们读来一定大呼够酷够赞。这两句押韵，句子字数相同，很难得了，虽然还不算工整：上句的"约会"和下句的"分别"词性不同；上句的"抛开书本一样"

和“板着脸上学堂”语式不同。不过，莎翁的造句，原来就不工整。中国文学中的对偶有“严对”和“宽对”之分，莎剧中的对偶，都是宽对，而且只能说是英国式的宽对。

“丽辞”：《铸情》修辞华丽

莎学专家研究莎翁那个时代的社会文化，指出当时修辞学大盛；莎剧的观众，有相当一部分“应已懂得欣赏辞采之美”。用《文心雕龙·谐隐》所说“辞浅会俗”的“会俗”来看，剧中人物出口成章、辞采华茂，固然因为莎翁文采出众，也可说是要迎合某些观众的口味。莎剧演出时，布景简单，没有什么特别舞台设计，更没有什么特技；吸引观众的，除了故事情节之外，就靠演技、服饰、对白这些。对白亦雅亦俗，辞采富丽，则观众的耳福是享受到了。

丽辞的“丽”字可圈可点。中国的骈文是美文，成双成对的四六工整语句，予人美、丽、富丽之感。明代王骥德的《曲律》说：“凡曲遇有对偶处，得对方见整齐，方见富丽。”对偶之外，《罗密欧与朱丽叶》的比喻、平行语句，也为本剧加强气势、排场，这也是一种富丽。中国元代以来的戏曲，其文辞的精美华丽，同样离不开对偶、比喻、排比、声律。

西方论者认为该剧的矛盾语经常出现，与本剧生死爱恨的矛盾、冲突等题旨有关，也与本剧的情节结构吻合。本剧的对偶语句，有很多是“反对”；这也有助于加强本剧矛盾、冲突的气氛。至于本剧中双双对对的众多“正对”，我们也可解读为：反映了罗、朱二人求偶、配对、成双的心情。我们从《丽辞》篇的理论观察本剧，可看到西方学者没有注意到的一面。

莎翁在别的剧本中，也常对对子，其最著名的《汉穆雷特》（*Hamlet* 又译哈姆雷特、汉穆莱）中，即用丽辞颂赞美丽的人，说人“How noble in reason！ How infinite in faculty”；说人是“The beauty of the world！ the paragon of animals”这两个对子，梁实秋分别译为“理性何等的高贵！智能何等的伟大！”和“世界之美，万物之灵”。最近香港中文大学翻译系的黄国彬教授完成了《汉穆雷特》的新译，不知道这位高明的翻译家，怎样应对莎翁的对子。如果莎翁超越时间，光临上海，看到世博之美，他会不会辞采焕发，为世博写出英国式的对子？也许，他在孔子学院学中文，成绩优异，已可用中文对对子了。

［附记］2010 年 5 月 28、29 日香港中文大学中文系举办“诠释、比较与建构：中国古代文学理论国际学术研讨会”，本文作者应邀出席，将在会议上发表题为《中为洋用：以刘勰理论析莎剧〈铸情〉》的论文。作者应报章编辑之邀，根据论文内容改写成本文。此文在深圳《晶报》的《人文正刊》刊出时，编辑特别加上按语，说明我国学者在取西经之际，可回顾我国传统。

爱芬河可爱的天鹅

莎士比亚去世后，他生前戏剧界的友人搜罗并编辑了他的遗著，在1623年出版了第一部莎士比亚戏剧集，即后世学者说的“第一对开本”。友人班·姜森（1572—1637）为它写了献诗《纪念我敬爱的作者威廉·莎士比亚先生，以及他给我们的遗产》。这首诗在格律上属“英雄偶句”，即每一诗行为抑扬五步格，两行押一韵，全诗共80行。此诗有不同的中译本，卞之琳译本题为《莎士比亚戏剧集题词》。此诗高度赞美莎士比亚的成就，因此也可称为“莎士比亚颂”。

《题词》原诗颇长，我把它分为五节。

第一节：首16行。作者姜森说莎士比亚值得大力褒扬，怎样赞美都不会过分。这一节可说是“引言”。

第二节：由“因此我可以开始：时代的灵魂！”至“或者像迈克利颠倒了我们的神魂”共30行。英国和希腊、罗马剧作家都比不上他；“他不属于一个时代而属于所有的世纪！”

第三节：由“自然本身以他的心裁而得意”至“都因为他们并不是自然世家”，共8行。姜森说莎士比亚的作品属于自然，“自然”因为有了莎氏的心思、诗句而欢喜得意。

第四节：由“然而我决不把一切归之于自然”至“朝着无知的眼睛不留情一晃”，共16行。姜森说莎氏这位诗人之杰出，

"靠天生也是靠炼成"，他必须流汗铸炼诗句。

第五节：由"阿文河（即爱芬河）可爱的天鹅！该多么好看"至篇末，共10行。姜森比喻莎氏为"阿文河可爱的天鹅"，又说他已成为星辰；希望他重临，大放光明，照耀衰落的剧坛。

《题词》是"莎学"中重要的文献，诗中的"时代的灵魂""他不属于一个时代而属于所有的世纪"等语成为常引的名言；"阿文河可爱的天鹅"则成为亮丽的隽语。

姜森集诗人、剧作家、学者于一身，在英王詹姆士一世时的文坛享过盛誉。他受过良好的教育，曾获牛津大学的荣誉硕士学位，还当过伦敦一所书院的修辞学讲师。在姜森那个时代，中国和英国、欧陆之间没有什么文学上的交流。我们翻查姜森的传记，知道他除了上述的文化活动和成就外，还当过砌砖工人，当过兵，杀过敌，又曾因为在决斗中杀了一名演员而坐牢。我们查来查去，没有发现他走在时代的前端，和中国文学有过接触，受过屈原、李白、杜甫或刘勰的影响。

然而，《题词》一诗，却好像有东方虎笔龙文的痕迹，其运思缀采，好像和"遥远的东方"那条"《文心雕龙》"的诗情文理相呼应。《文心雕龙》认为作家要"积学以储宝，酌理以富才"；认为伟大的作家，"其衣披辞人，非一代也"；成就卓越的作家"藻耀而高翔"，誉之为"文笔之鸣凤"。这正和天鹅之喻辉映。

写于2005年7月；2011年夏改写

把“金苹果”送给莎翁

英国16、17世纪作家班·姜森称其同代的莎士比亚是“爱芬河可爱的天鹅”，他所写的长诗《莎士比亚戏剧题词》在称颂莎氏之前，先谈嫉妒。《题词》第一节第1、2行写道：

莎士比亚，不是想给你的名字招嫉妒，

我这样竭力赞扬你的人和书；（引自卞之琳的译文；下同）

在中国，《文心雕龙·知音》历引班固、曹植等嫉妒文人的例子，结论说：“故魏文称文人相轻，非虚谈也。”魏文指曹丕，他在《典论·论文》说的“文人相轻，自古而然”，其有效性至少有一千多年。姜森历伊丽莎白一世和詹姆士一世两个朝代，当时文风炽盛，诗人、剧作家辈出，可和汉武、建安时代相比。姜森极力褒扬莎氏，厚此薄彼，怎能不引起文坛的一些嫉妒、非议？接下去的第3、4行是：

说你的作品简直是超凡入圣，

人和诗神怎样夸也不会过分。

批评家的一言一语，应该公正公允，如《文心雕龙·知音》篇说的“平理若衡，照辞如镜”，而不能“过分”。然而，失衡不实之言，向来充斥于批评界，《文心雕龙》才有“褒贬任声，抑扬过实”之叹。姜森实在推崇莎氏的人和作品，却害怕别人说他“褒贬任声”，因此先来一个“怎样夸也不过分”的声明。不过，文坛素来是非恩怨多，有的人“无知”，有的人“盲目的偏爱”，有的人“奸诈的恶意”；姜森在“声明”之后，还是把各色人等一一罗列，以期堵截悠悠之口。这里的“无知”，相当于《知音》篇说的“学不逮文，而信伪迷真者”。“盲目的偏爱”则自然是同篇所说的有“私于轻重”、有“偏于憎爱”那类人了。“奸诈的恶意”则有类于《知音》篇所指的刘修，这个汉朝末年的文人最喜欢诋毁别的作家。

《题词》第二节盛称莎氏的伟大成就。评判平凡与伟大，只有一个方法，就是比较。姜森拿莎氏和同时代或稍早于他的戏剧家相比，说他“盖过了我们的黎里……马洛雄伟的笔力”。姜森又说他“不想安置你（莎氏）在乔叟、斯宾塞身边”。这里的“身边”指坟墓旁边，乔、斯都是英国文学史上的重要诗人。姜森认为莎氏是“不需要陵墓的一个纪念碑”，意思是其成就可和这些人相比，甚至超过他们。与今人比，与古人比，姜森还拿莎氏与古希腊、古罗马的大作家相较，把他们：

唤回人世来，听你的半统靴登台，
震动剧坛：要是你穿上了轻履，
就让你独自去和他们全体来比一比——
不管是骄希腊、傲罗马送来的先辈
或者是他们的灰烬里出来的后代。

姜森口气真大，视野真广，仿佛胸罗万卷，古今“英”外剧作家的各种作品都阅览过，如刘勰《知音》篇说的“凡操千曲而后晓声，观千剑而后识器”。这样“博观”的批评家，乃能下千古的论断：

得意吧，我的不列颠，你拿得出一个人，

他可以折服欧罗巴全部的戏文。

姜森跟着的这一行，是一则后来落实的预言，成为对莎氏最高的礼赞：“他不属于一个时代而属于所有的世纪！”姜森对莎翁的称誉，有数百年的文学史为证，果然没有过分。他盛誉莎翁之前，先来一番对嫉妒的“表白”，具见其文坛的阅历和智慧。

钱锺书生前辞拒种种荣誉，恳请别人不要“过分”称誉他，即因害怕引起嫉妒。希腊神话有金苹果赠最美的女人之事，倾国倾城的美人，引致城倾国倾，就是起因于嫉妒。姜森深知送金苹果会引起的是非恩怨。

写于 2005 年 7 月；2011 年夏改写

“天鹅”的成功之道

在晴美的夏日，莎士比亚这只“天鹅”成为中英外交场合的话题。批评家必须博观，作家也不能没有学问。《文心雕龙》肯定屈原“取镕经意”(对经典内容的吸纳融汇),提醒作家要“积学以储宝”。誉莎士比亚为“爱芬河可爱的天鹅”的英国文学家姜森（1572-1637），同样重视学问。我们读文学史，知道莎氏没上过大学，但阅读颇广，知识甚丰。姜森在《莎士比亚戏剧集题词》里，没有直接告诉读者，莎氏的学问如何如何。他用遗憾的语气说：“你不太懂拉丁文，更不通希腊文。”换言之，莎氏如懂拉丁文和希腊文，就会更杰出了。

姜森又指出，莎氏作品之成功，乃因为得力于“自然”；阿里斯托芬、泰棱斯等希腊喜剧作家，“索然无味了，陈旧了，冷清清上了架，都因为他们并不是自然世家”。姜森没有解释什么是“自然”。怎样才算合于自然，中西文论家可以不休地争论。刘勰也崇奉自然：《文心雕龙》首篇《原道》开篇即说“文”是“与天地并生”的，“心生而言立，言立而文明，自然之道也”。姜森一方面认为莎氏合于自然，另一方面赞美莎氏为自然添上了诗句：

天籁本身以他的心裁而得意，

穿起他的诗句来好不欢喜！

它们是织得多富丽，缝得多合适！
从此她不愿叫别的才子来裁制。

根据姜森的说法，莎氏的诗句是富丽妥帖的，这就和刘勰所重视的文采异口同声了。《原道》篇指出“日月叠璧”“山川焕绮”，天地都有文采；《情采》篇劈头就说：“圣贤书辞，总称文章，非采而何？”姜森喜欢莎氏富丽的诗风文采，他如果生在中国的晚唐，读到李商隐“庄生晓梦迷蝴蝶”那样浓丽的律诗，一定拍案惊喜，像《知音》篇说的“观绮而跃心”了。

论述自然之后，姜森笔锋一转，指出莎氏的成功，另有原因：“然而我决不把一切归之于自然，温文的莎士比亚，你的工夫也有份。”天才仍需靠努力，此乃不易之理。在《神思》篇中，刘勰认为作家“刻镂声律，萌芽比兴”，又说“寻声律而定墨，窥意象而运斤”，这些都是工夫。姜森说：

谁想要
铸炼出你笔下那样的活生生的一句话，
就必须流汗，必须再烧红，再锤打，
紧贴着诗神的铁砧，连人带件，
扳过来拗过去，为了叫形随意转；
要不然桂冠不上头，笑骂落一身，
因为好诗人靠天生也是靠炼成。

这样看来，莎氏构思、写作，应近于《神思》篇说的“思之缓者”，如“相如含笔而腐毫”，“桓谭疾感于苦思”；至少不会像《神思》篇所讲的“子建援牍如口诵，仲宣举笔似宿构”。莎氏《汉穆雷特》（又译《哈姆雷特》）“死后是存在还是不存在”、《麦克白》“明日，明日，又明日”、《罗密欧与朱丽叶》天亮时鸣叫的是“夜莺，不是云雀”等传诵的片段，创作时是可能有苦吟者的汗，有他的呕心沥血的。

在这一部分，姜森用 well turned and true-filed 形容莎氏的诗句，卞之琳和另一位译者都把这个词组翻作“精雕细琢”。这就是《文心雕龙》的雕龙之意了。

写于 2005 年 7 月；2011 年夏改写

四百年后莎士比亚仍活着

《麦克白》转身为《英雄叛国》

今年（2016）是莎士比亚逝世400周年，全球众多国家和地区举办“永恒的莎士比亚”系列纪念活动，贯穿全年。4月23日既是莎翁的生日，也是他的忌辰，此日被定为“莎士比亚日”，活动达到高潮。1月时英国首相卡梅伦即已发表演说，力言莎翁的伟大及其普世的影响力，向他致敬；他的名剧将在世界各地演出，包括中国。

英国曾是“日不落”的大帝国，英语是世界性语言，莎翁的名剧也因此在各地经常演出，“不落”舞台。莎翁撰写的故事，也以别的艺术形式，如音乐、电影等，“借壳”上演。卡梅伦对此举例说明，例子包括电影《梦断城西》（*West Side Story*）之改编自《罗密欧与朱丽叶》。

近年中英关系融洽，多方面合作。中国领导人与英国首相晤谈，引经据典，常提到莎翁，说这位文豪怎样为中国读者所喜爱。卡梅伦本人，及其演讲撰稿人，显然对中国文化的认识颇为有限。如果了解深刻，大可在“莎翁的影响”这个论题增加中国元素，既示亲切，更增自豪之感。

2005年上海京剧院把莎翁的《汉穆雷特》(又译《哈姆雷特》)改编为《王子复仇记》演出，大受欢迎；去到丹麦，更有“热演”的盛况。而20世纪70年代香港已有人把这出著名悲剧，改编成为粤语话剧，一再上演。莎翁的另一杰作《麦克白》，20世纪90年代在香港的粤剧舞台，华丽转身成为《英雄叛国》，盛大公演。我在剧院所见，粤剧戏迷专注欣赏大袍大甲大锣大鼓的弑君篡位剧情，竟不知道是改编自莎翁剧作。

“爱芬河天鹅”佳士财士可得

不管“哈姆雷特”还是“汉穆雷特”，“to be or not to be”，莎翁早已成为英国庞大文化创意产业的主角，几乎每样与他相关的纪念活动，都是书香中带有铜臭。莎士比亚在世时，既撰写剧本，也经营剧团；长写长有，且长袖善舞。可见他文才与财才兼备，因此书香中有铜臭正是莎翁。他于1616年辞世，7年后，其30多部作品以对开本形式印刷出版，后世称此为莎氏戏剧集的“第一对开本”（First Folio）。流传至今，仍存的册数已不多；此书的珍稀，可想而知。我在华盛顿的“富而杰（Folger）莎士比亚图书馆”观赏过此巨册，精美华丽，为镇馆之宝。“第一对开本”5月下旬要拍卖了，专家估价在80万到120万英镑之间。

莎翁死后仅7年，就有人为他留下如此富丽的遗产，那个时代的作家，谁能比肩？更难得的是此书有长诗为序，作者是莎翁的同行班·姜森（Ben Jonson，大约比莎翁年轻8岁，本身有很高的文学史地位）。同行如友国，戏剧家相亲，对可敬的对手极备推崇，文学史上罕见。

班·姜森认为莎翁天才横溢，其“作品简直是超凡入圣，人和诗神怎样夸也不会过分”；并以形象的语言“爱芬河可爱的天鹅”赞美他；更说他写出了“时代的灵魂”，其贡献“不属于一个时代，而属于所有的世纪”。英国首相纪念莎翁逝世400周年，其文告所引莎翁“not of an age，but for all time”的赞语即出于此。

富丽珍稀的“第一对开本”将在伦敦的佳士得拍卖，势必多方竞投，大财士乃得。

“国际会E”论莎翁和汤公

拍卖之外，另有一个只讲“才”不讲“财”的创意活动。澳门大学的特聘教授朱寿桐兄4月下旬召开“国际会E”，邀请十来位学者利用“易妙”即E-mail召开会议，希望大家谈论莎士比亚与汤显祖。我想，从朱寿桐联系到莎翁的朱丽叶，再从朱丽叶联系到汤公的杜丽娘，有“朱”与“丽”为连接，是自然不过的美事。

朱丽叶为《罗密欧与朱丽叶》（下文简称《罗朱》）的女主角，杜丽娘为《牡丹亭》的女主角。近30年中国比较文学兴旺，莎翁和汤公这两本爱情名剧，已成为很多论文比较研究的对象。浏览一下，对两剧的爱情主题、悲剧思想、男女主角的形象、故事情节的经营等议题，论者已多。我发现此二剧的一大特色，即文辞的雅丽，似乎还没人讨论过。

“如花美眷，似水流年”“原来姹紫嫣红开遍，似这般都付与断井颓垣；良辰美景奈何天，赏心乐事谁家院”等句情韵并美，赢得千万多情读者的赞叹；小说家白先勇更为此而“不务正业”，先声夺人，勇猛推动昆曲《牡丹亭》的青春版。

中国读者似乎少人注意到《罗朱》的文辞之美。梁实秋在此剧译本序言中只指出，本剧押韵的排句甚多，每行音律齐整；西方学者对其修辞之美，则多所论述。我可补充一句：本剧罕见地有“序诗”，并且是一首讲究音律的十四行诗。

莎学家认为《罗朱》是莎翁（这里应改称“莎郎”）早年之作，作者特别用心修炼清词丽句、警语隽言，乃为了显示文才、吸引观众。现在莎、汤仙逝400周年纪念，二名剧的“朱丽”与“杜丽”孰丽，我们大可一比。

头颅虽不在，莎翁仍活着

另一个活动涉及莎翁的头颅。据报道，英国大文豪莎士比亚的头颅早在1794年就被盗墓者偷走，但大家认为这只是奇谈；最近科学家用雷达扫描，证实莎翁的坟墓确实被动过，并显示其头颅已经不知所踪。这项发现（或者说“没有发现”）适逢莎翁逝世400周年，英国广播公司“第四频道”将在近期就莎翁头颅大做文章。

在莎翁的剧本中，《汉穆雷特》（又译《哈姆雷特》）主角拿过的头颅骨，是最突出的对象，是演出时最重要的道具（如今莎翁头颅成为议题，它不能再“独占鳌头”了）。

剧中汉穆雷特举着骷髅头，抑郁迷茫：这可能是死去的律师的吧，生前极力为人为己保护财产，辩才无两吧，现在却要忍受掘墓人把脑瓜子铲来铲去，为什么不控告他殴打罪呢？他又想起历史名人：亚历山大死了，埋葬了，回归尘土了；尘土是泥，我们把泥捏成黏土；亚历山大所变成的黏土，不正好拿来堵塞一只啤酒桶吗？

面对骷髅头说这番话，是此剧极重要的一幕，而汉穆雷特是莎翁笔下最突出的人物。话说某演员生前极想演汉穆雷特一角，不能如愿。死后其同行友人饰演此角，演出时乃以此已死演员的头颅骨作为道具，让其做相关“演出”，盼其瞑目。

我读莎剧骷髅头一幕，总想起苏东坡写的“破荆州，下江陵，顺流而东也，舳舻千里，旌旗蔽空，釃酒临江，横槊赋诗，固一世之雄也！而今安在哉？”曾独领风骚的莎翁的头颅，而今安在呢？

莎翁比谁都幸运，因为他的头颅虽然不在，头脑劳动的成果，其智慧结晶却在，且永在。此所以英国纪念莎翁逝世400周年的世界性活动，名为“莎士比亚活着”——“Shakespeare Lives”。

写于2016年4月

第二辑

文化自信：让“雕龙”化作“飞龙”

《文心雕龙》标示我们的文化自信

为什么要阅读《文心雕龙》?

文学反映文化的方方面面，有如人生社会的万花筒，阅读文学有助于我们对人生社会的认识。文学是文字的艺术，阅读文学有助于我们语言文字能力的提升。文学的功能极大。我们阅读文学、研究文学，因而有文学理论、文学批评。古今中外的文学理论批评论著，因为文明日进而数量日多，佳作杰篇不胜枚举。在其中，刘勰《文心雕龙》是我国古代文论著作的龙头。它“体大虑周”，理论高明，具有贯通中外的普遍性、涵盖古今的恒久性；1500 年前刘勰雕出来的这条龙，到今天仍然精美耐看，灵动多姿。

上面说“文学的功能极大”，《文心雕龙》首篇《原道》的首句“文之为德也大矣”，正可作这样的解释。情是文学的原动力，英国 19 世纪诗人华兹华斯（W. Wordsworth）说“诗是强烈感情的自然流露”，《文心雕龙》的《明诗》篇早就说：“人禀七情，应物斯感，感物吟志，莫非自然。”人生有悲情苦情，文学中有悲剧，西方有“文学乃苦闷的象征”说，有“升华”说，有“诗好比害病不作声的贝壳动物所产生的珠子”说，而《才略》

篇正有说“蚌病成珠”之论。现代学者钱锺书重视辞采，以“行文之美”“立言之妙”为文学之为文学的极重要条件；《情采》篇早就说：“圣贤书辞，总称文章，非采而何？”采就是文采，刘勰指出，连圣贤以内容义理为重的书写，也是讲究文采的。

文艺青年常有的苦恼是：“我有很多想法、很多意念，简直上天下地飞舞着，却不知道怎样才能写出来，成为好文章！”《神思》篇早已回答：这是因为“意翻空而易奇，言征实而难巧”啊！文艺青年接着可能问：“有帮助我写得好的办法吗？”《神思》篇好像已知道有此一问，给作者的建议中，包括要他“积学以储宝，酌理以富才”。而20世纪艾略特（T.S. Eliot）的“25岁后继续写诗，不能单靠才华，还要具备历史感”说（即要提高文化水平，包括多读文学经典）、王蒙的“作家学者化”说，简直可当作刘勰理论的回响。

文章难写得好，评论作品就容易吗？现代西方的文学理论家，极言读者的背景、兴趣不同，对作品的反应往往大有分别，于是有所谓“读者反应论”以剖析相关现象；其实《知音》篇早就观察到，不同口味的读者，有相异的反应：“慷慨者逆声而击节，酝藉者见密而高蹈，浮慧者观绮而跃心，爱奇者闻诡而惊听。”《知音》篇进一步提出积极的建议：我们只有力求客观了，那就是要操千曲、观千剑，因为“操千曲而后晓声，观千剑而后识器”，博观才能减少主观。为了避免“各执一端”“褒贬任声”，刘勰还劝我们不走快捷路径，而用“笨”法；这个“笨”的办法是，从“位体”“事义”“置辞”“宫商”“奇正”“通变”六个方面去观察、分析、评价作品。

《文心雕龙》还有其他种种对文学的意见，包括文学的源头是什么、文学有哪些体裁、不同体裁作品的特色风格为何、作者怎样修辞谋篇、文学的功能为何，如此等等。它是中国古代的文学理论大全，而其多种理论到今天仍然可用，甚至让我们觉得焕然一新。譬如我们可以用上面提到的“六观”法，来分析评价古今中外多种多样的文学作品。《文心雕龙》伟大，众所公认，它标示我们对我国文化的自信。

《文心雕龙》有大理论体系，有大应用价值

很多中华学者析评文学时，一面倒只用西方现代的文学理论，而不理会中国古代的文论，甚至认为后者重直觉、欠分析、无体系，因而加以贬抑。一些中国古代文论学者，则在回顾与前瞻时，提出“中国古代文论的现代转换”这一议题，希望古可以为今用。笔者认为《文心雕龙》体大虑周，高明而中庸，我们大可在斟酌、比照西方文论之际，以它为基础，建构一个古典现代中西合璧的文学理论体系，并应用于实际批评。经过长时间的酝酿构思，我建构了一个姑且称为“情采通变”的体系，其纲领有五：

（一）情采（内容与技巧）；

（二）情采、风格、文体；

（三）剖情析采（实际批评）；

（四）通变（比较不同作家作品的表现）；

（五）文之为德也大矣（文学的功用）。

我有专著《文心雕龙：体系与应用》详尽论述之，这里不能细表。我特别重视理论的应用价值，认为“经世致用”的思想要发扬；身体力行，乃利用《文心雕龙》的各种理论撰文析评作品，包括屈原的《离骚》、范仲淹的词《渔家傲》、白先勇的小说《骨灰》、余光中的散文《听听那冷雨》，以至莎士比亚的戏剧《罗密欧与朱丽叶》、马丁·路德·金的《我有一个梦想》、韩国电视剧《大长今》；还用其理论批评了德国一个学者。名单开列出来，真够“古今中外”了。下面举一个例子：从《文心雕龙》“六观法”来观赏余光中的《听听那冷雨》。

一观“位体”，即体裁、主题、结构、风格。《听听那冷雨》是散文，写作于1974年春分之夜，当时两岸仍隔阂不通。在台北，余光中看雨、听雨，情意满溢于大地山河与文化人生，华夏的乡愁与雨的韵律浑然交集，成为本文的主体情调。文中不同时空交错出现，似是意识随便流荡，实则有其脉络，有其前后呼应。本文想象富赡、言辞典丽、音调铿锵。

二观“事义”，即作品所写的人事物及其含义。作者从台北写到厦门、江南、四川、香港以至美国丹佛，从春雨写到秋雨，从太白、东坡的诗韵写到《辞源》《辞海》的霜雪云霞，英文和法文的rain与pluie，在在显示作者宽广的生活经验和文化关怀。

三观“置辞”，即作品之修辞。用比喻、对偶、叠词、典故是本文修辞的主要特色。雨是“温柔的灰美人”，雨“轻轻地奏吧沉沉地弹，徐徐地叩吧挞挞地打”；“杏花春雨”“牧童遥指”“剑门细雨渭城轻尘都不再”的典故则透露了作者的腹笥，也抒发了他的文化乡愁。

四观“宫商”，即作品的音乐性。题目是《听听那冷雨》，文中拟声词和叠词极多，正为了在音乐性方面与绵绵的雨声配合。

五观“奇正”，即作品风格之新奇或正统。五四以来冰心、朱自清等名家散文所提供的美感经验，余光中并不满足；他开拓散文的疆域，乃有《逍遥游》和本文等想象纵横、修辞新巧的“现代散文”。

六观“通变”，即作品的继承与创新。余氏积学储宝、取镕经意（包括李清照“寻寻觅觅冷冷清清”的叠词运用）、自铸新辞，乃有“余体散文”的佳章杰构。

苏州大学朱栋霖教授主编《中国现代文学经典 1917-2010（精编版）》，请我为余光中的《听听那冷雨》写一篇“解读”，我应命写了，就是上面的“观赏”；用古典理论解读现代作品，论者认为可行且有新意。朱教授主编的书，2011 年已由北京大学出版社出版。

至于对“情采通变”体系的详细介绍，请参看我《“情采通变”：以〈文心雕龙〉为基础建构中西合璧的文学理论体系》一文。此文（有中英文两个版本）2016 年 7 月初在一个国际比较文学会议上宣读，后来成为我专著《文心雕龙：体系与应用》（香港：文思出版社，2016）中的一章。

推广、普及《文心雕龙》

为了推广、普及这本经典著作，我与万奇教授合作编写《爱读式文心雕龙精选读本》，于2017年由北京师范大学出版社出版；此书精选《文心雕龙》十八篇，加以注释、语译、导读，最大的特色是由笔者发明的“爱读式”版式排版，有容易阅读、容易理解、容易记忆三大好处。

写于2017年春

请刘勰来批判“汉学家”顾彬

顾彬炮轰中国当代文学

德国汉学家顾彬（Wolfgang Kubin），不“顾”中西共尊的“彬”彬有礼的美德，去年（2006年）12月在接受“德国之声”访问时，炮轰中国当代文学，说中国当代作家的“外语和母语都不行”，说卫慧等美女作家的作品是垃圾，说“中国人根本不给他们自己的文化和文学什么地位”。我看了报道，一笑置之。

今年3月下旬，在北京的“世界汉学大会”上，“顾”调重弹：他直斥“中国没有当代诗歌”；“所谓的中国当代诗歌，是外国文学的一部分”；“四九年后的文学，除中国人外，外国人基本上都不谈”；“如果一个作家不掌握（外国）语言的话，他根本不是一个作家”。我看了报道，二笑置之。

回顾一下顾彬的论调至少是20年不变的。1986年在德国莱圣斯堡举行的中国当代文学会议，面对着夏志清、刘绍铭、李欧梵等同行，及其同胞德国汉学家马汉茂（Helmut Martin），面容常带愁郁的中年人顾彬说：除了郑愁予，没有任何其他人的诗能感动他。在座的人多研究小说，听到顾彬这样的“读者反应”（reader’s response），都没有什么反应。八年之后，在苏州大学，在全国各地的学者作家如贾植芳、古远清、余光中、张晓风、思果、梁锡华等参加的中国当代散文研讨会上，“耳顺”之年的顾彬，愁郁地斥责说：中国当代文学都是垃圾。我在场，听此惊人之语，耳朵大感不顺。我发言表示愿闻其详，古远清也发言请他拿出证据。顾彬笼统地胡扯几句，顾左右而言他。

由此看来，顾彬的“垃圾说”已延续了十余年。多年来，我每一次看到报刊或网上顾彬的照片，发觉他总是剑眉深锁，一副中年或后中年（而非少年）维特烦恼忧郁的样子。我想，顾彬这位研究、翻译中国20世纪文学的学者太可怜了，日日对着这些垃圾，臭气冲天，怎样快乐得起来？

对顾彬在“德国之声”和汉学大会的话，我只能一笑、二笑置之。不料最近学校博士班一位同学，上课时向师生派发一份剪报，标题是《德国汉学家：中国作家被称嫖客》，内容是3月下旬顾彬在北京发表的、上面引述过的言论。这位博士生希望我和大家讨论顾彬的说法。

博学、审问、慎思、明辨……这是大学之道。孔子如是说，苏格拉底会同意的，博学慎思的刘勰亦然。刘勰曾梦见孔子，他手执“丹漆之礼器，随仲尼而南行”。我近年研读《文心雕龙》，也曾梦见它的作者：刘勰在天上的文心阁、雕龙池，与《文选》的主编昭明太子等为友，常常煮酒论文、品茗说艺，对凡间的文学一直在关注。海通以来，更兼顾泰西的文事。九年前钱锺书（1910—1998）也到了文心阁、雕龙池；镇江和无锡两位大批评家，一古一今在天上相遇，相重相敬。我于是告诉班上的同学，在你们对顾彬各抒己见之后，让我请刘勰先生来做个评论。

刘先生欣然下临凡间，向大家发表以下的意见。

刘勰说：顾彬教授你不应纯情、纯主观

顾彬先生表示过只有郑愁予的诗能感动他，这是他的“读者反应”，我们必须尊重。然而作为教授，顾彬就不能纯情、纯主观了。须知道，读者的性情、爱好各有不同，有慷慨的、酝藉的、浮慧的、爱奇的，我在《知音》篇对此已有表述。文学教授授业、解惑，应该力求客观地阐释、评价，不宜“会己则嗟讽，异我则沮弃”（合我胃口的就大力赞扬，不合的就咒骂唾弃）。顾彬先生 1995 年当上了波恩大学汉学系主任，其学术的恩泽，将波及各地。德国强调理性的美学家、文论家辈出，为贵国莘莘学子讲授汉学中的文学，怎能不像康德一样做理性的评价？你不理性，我就要请康德批判你的“判断力”了。

说这个中国作家的作品是垃圾，那个又是垃圾，顾大教授啊，你那双忧郁的眼睛是金睛火眼，是安诺德（Matthew Arnold）说的“试金石”（touchstone），一看就看出来？安诺德要评价作家的高下，尚且战战兢兢，甚至寝食难安哩！请你想一想：

麒麟和獐，凤凰和野鸡，都有极大的差别；珠玉和碎石块也完全不同；阳光之下显得很清楚，肉眼能够辨别它们的形态。但是鲁国官吏竟把麒麟当作獐，楚国人竟把野鸡当作凤凰，魏国老百姓把美玉误当作怪异的石头，宋国人把燕国的碎石块误当作宝珠。这些具体的东西本不难查考，居然错误到这种地步，何况文章中的思想情感本来不易看清楚，谁能说易于分辨优

劣呢？

刘勰说：顾彬你要像安诺德那样认真

以上是我一千五百年前讲过的话，写在《知音》篇里，怕你看不懂原文，所以用了《文心雕龙》之友牟世金的语体翻译。唉，“形器易征，谬乃若是；文情难鉴，谁曰易分”？钱锺书夫人杨绛女士，就曾谦虚地说，她“缺乏分别精华和糟粕的能力”。世金兄十多年前来到天上，常常与我在文心阁聊天，即使是摆龙门阵，因为是“雕龙”啊，我们都不信口月旦，而是同安诺德那样认真。

安诺德最近这一年，一直在勤学中文。他的前辈麦考莱（T.B. Macaulay）在维多利亚女王治下英国全盛时期，把梵文和印度文学践踏到体无完肤。安诺德当年几乎要认同麦氏的见解，近年看到孔子学院愈开愈多——这是21世纪的孔家店，几乎要赶上“日不落”的英国文化协会和歌德学院的数目，乃不敢轻忽，从《诗经》读起，原文、语译、韦理（Arthur Waley）的英译一起来，劲力十足。读到“窈窕淑女”一语，大呼过瘾，说：原来好莱坞的 *My Fair Lady* 中文片名，就是这样来的。

作家学外语当然是好的。21世纪的安诺德在天上的雕龙池边学中文、读《诗经》。一百多年前，他没有学中文；那时，中文这背后有数千年历史文化为靠山的语言，对他来说也是重要的外语啊！华兹华斯、柯立基（Coleridge）、拜伦以至20世纪得诺贝尔奖的艾略特，哪一个英国诗人学过中文这种外语？

贵国的文豪歌德，鼓吹世界文学的，可曾学过中文这种外语？一直至诺奖得主君特·格拉斯（Günter Grass），贵国现代作家可曾学过中文这种外语？我国的屈原、陶潜、杜甫、苏轼、汤显祖、罗贯中，当年也没有学过拉丁语、英语、法语、西语、意大利语或者你们的德语。

刘勰平心论作家与外语能力

歌德十分推崇莎士比亚，而英国这位国宝，英国人宁可失去印度也不能失去他的，懂什么外语？莎翁的同代晚辈班·姜森（Ben Jonson）誉他是“时代的灵魂”、是“爱芬河可爱的天鹅”，说他“不属于一个时代，而属于所有的世纪”；然而，既写恺撒大帝遇刺，又写意大利俊男美女殉情的莎翁“不大懂拉丁文，更不通希腊文”。

我正在西西牙牙地学西班牙语，切切德德地学德语。歌德鼓励人学外语，说这样等于屋子里多开了窗口，可以把世界看得更清楚。然而，懂外语与否，懂得的外语的数目多寡，和作家的成就没有必然的关系。难道在纽约联合国做翻译的，一旦写诗写小说，就可以获邀至斯德哥尔摩领受诺贝尔奖？经过“文化大革命”等劫难，现在国内的多数资深作家，除了或略识俄语、英语的“之无”“也斯”（yes）之外，外语能力的确不高强。当然有例外。成都的流沙河，“文化大革命”时磨练英语；北京的王蒙，四十多岁到了美国爱荷华（王蒙参加“国际写作计划”，于1980年8至12月到爱荷华大学完成了中篇小说《杂色》）之后才发愤忘食学英语。他们的外语能力虽然比不上香港的黄国彬，却是认真勤奋地学习过外语的。你批评中国作家外语不好，更说他们母语也不行。这真是“语不惊人死不休”。（考一考你：这句话出自何经何典？）你竟然有胆量作此评断，你的汉语好到什么境界？高高在上？当年德意志国王威廉二世宣称：“上帝安排了我们来支配和统治所有的民族！”后来就有了第一和第二次世界大战，有了纳粹。你似乎已有威廉二世至高无上的权威了。

刘勰说：顾彬你要“积学以储宝”，不要“信伪迷真”

我虽然研读佛典，尘世晚年还出家，却一生服膺孔子。孔子劝导人：知之为知之，不知为不知。传道授业的顾教授，你不也应该这样吗？你说“所谓的中国当代诗歌，是外国文学的一部分”，你说的是北岛那一群从“朦胧”崛起的诗人吧！把这类中华现代主义诗人的中文书写译成英文德文，的确与英国、德国诗人的作品少有差别，甚至没有差别。然而，邵燕祥、流沙河等等的诗，中华色彩很浓。余光中的诗，更是如此，而余光中不是中国诗人吗？邵燕祥20世纪80年代的《沉默的芭蕉》这样写：

芭蕉/你为什么沉默/伫立在我窗前/枝叶离披/神态矜持而淡漠//从前你不是这样的/在李清照的中庭/在曹雪芹的院落/你舒卷有余情/绿蜡上晴光如泼

这怎么会是外国文学的一部分呢？其实，说中国当代诗歌不像是中国人写的，代有其人。20世纪70年代关杰明这样说过；1990年宇文所安（Stephen Owen）也这样批评过北岛（今年3月北京大学出版社出版的《新诗评论》又在议论此事了）。唉，从关到宇文到顾先生你，所说不无一点道理，却是以偏概全，是“信伪迷真”，正如我在《知音》篇里所说的。

顾彬教授你又说什么“外国人基本上都不谈”中国当代文学，“中国人根本不给他们自己的文化和文学什么地位”，这也与事实不符。20世纪80年代北美汉学家如杜迈可写成专著*Blooming and Contending*论中国当代文学，贵国的马汉茂不也是这样吗？其他例子当然还有很多。最近，韩国推出中国当代小说系列，据说甚受欢迎。你虽然已“发苍苍”，抑郁的眼睛还不至于像韩愈说的“视茫茫”而成为朦胧学者吧？西汉末年的楼护，信口胡诌，说什么司马迁写书，先咨询东方朔，结果被有识者耻笑。才学不足，而误信传言、不明真相，这就是楼护。我在《知音》篇把他修理了一番。顾彬教授，请不要做楼护二世！1996年王蒙访问波恩大学，你接待他，还为他主持了一场朗诵会。如果你们对中国当代文学不屑一顾，顾先生啊，那时你岂不伪善至极、痛苦至极？我将和昭明太子合作，编辑一部新《文选》，名为《二十世纪中国文选》，我亲自撰写长篇导言；出版后，送你一部，让你学习。

我在《辨骚》篇说：“将核其论，必征言焉。”做学问必须慎思明辨，必须讲证据。贵国的哲学家早就这样主张了。贵国的黑格尔先生，昧于中国语言文字，肆意诋毁中文。博学的钱锺书，在其《管锥编》的卷首，就向他开炮。黑先生在光明的天上，对此事至今哑口无言，终日黑口黑面（粤语很不高兴之意）。不要“信伪迷真”啊，要“积学以储宝”啊，要观千剑、操千曲啊，要“平理若衡，照辞如镜”啊，我在《知音》等篇里说得声音都哑了。顾彬先生，博学审问慎思明辨吧。我和钱锺书天天在文心阁、雕龙池相见，小心他用《围城》笔法把你写进这本讽刺小说的续篇。

写于2007年春夏间

让“雕龙”化作“飞龙”

——记体大虑周、情采兼备的2000年镇江市《文心雕龙》国际研讨会

镇江文化的“重镇”

国内大型的《文心雕龙》国际学术研讨会，我参加过三次：1988年在广州，1995年在北京，2000年在江苏省镇江市。三次都很成功，最近在镇江的这一次，最为精彩。镇江即古之京口，六朝时代这里是政治、文化重镇。镇江，镇守着长江。镇江历来的文化名人极多，从六朝的昭明太子，到20世纪初的马建忠，《昭明文选》与《马氏文通》先后辉映。当然，还有刘勰及其《文心雕龙》。研究《文心雕龙》之学，谓之“龙学”。“龙学”中的“龙伯”——四川大学的杨明照老教授——清清楚楚地说：“刘勰是地地道道的镇江人。”镇江是长江的重镇，《文心雕龙》则可说是镇江文化的重镇，是镇市之宝。刘勰生于斯、长于斯，他这部旷世的文论经典孕育于斯。镇江人以《文心雕龙》为荣。今年是龙年，《文心雕龙》成书于约1500年前，龙学会议在镇江市召开，引来了各地的龙伯龙叔、龙兄龙弟、龙子龙女，不亦宜乎？不亦盛乎？

镇江市政府与中国《文心雕龙》学会合作，钱永波先生与张少康先生筹备经年的盛会，在瓜州古渡不远处的碧榆园举行，与会者逾百人，宣读的论文近60篇，在“春风又绿江南岸”的四月良辰。我参加过无数的学术研讨会，自己也组织过好几次，深知个中苦况。是次会议的论文，或精研于旧有范畴，或探索于新辟领域，颇多精彩之作。每篇论文都有宣读的机会，且设有讲评。大部分论文在会议开始前就印刷装订妥善，分发予诸与会者。每位与会者，又都获分发《文心雕龙研究》第四辑、1999年台北龙学会议论文集、《镇江师专学报》（内有龙学专辑）。这些做法，我相信是国内学术会议的突破，值得大书一笔。会议主持人对这场规模庞大的活动，精心策划，照顾周全，每个环节都细心处理。紧凑的研讨会议之外，还有附加的活动，如镇江市图书馆《文心雕龙》数据中心挂牌仪式，“文苑”中《文心雕龙》碑揭幕仪式，“文苑”中文心阁、雕龙池的参观游赏及文艺晚会等等，都是踵事增华。论者常以“体大虑周”形容《文心雕龙》，而《文心雕龙》认为情采兼备的作品乃为文学佳篇。这个会议真可用“体大虑周”“情采兼备”来称赞。

《文心雕龙》数据中心挂牌

上面说的《文心雕龙》数据中心，已筹备了一年以上，搜集了专书和论文逾千件，今后仍将努力扩充收藏，希望海内外学者提供种种文献，使它成为一个《文心雕龙》的特藏，成为龙学者的“圣地”。美国首都华盛顿有莎士比亚图书馆，一座大厦放的主要是与莎翁有关的文献。《文心雕龙》的研究资料，不可能如莎氏资料那样，庞然充栋，却绝对应该有一个文献的中心，而镇江可为之。江南一带人杰地灵，高等院校林立如一座座花木丰茂的江南园林；镇江交通方便，润扬长江大桥（镇江又名润州，扬则为扬州）兴建在即，益增便利。中心的地位，可望建立。

镇江市政府近年在南山国家公园内建筑了“文苑”。文苑是以文心阁和雕龙池为主体的园林建筑群，和不远处的昭明太子读书台相辉映，成为文化气息浓厚的旅游景点。旅游与文化结合，是镇江这一历史名城市政建设的聪明处。是次会议的与会者，游目骋怀，在“烟花三月”物色动人的佳日，参观文苑。4 月 4 日下午《文心雕龙》碑揭幕，近百位与会者的名字，都镌刻于其上，于是，这些“龙的传人”，和《文心雕龙》一书，永垂不朽矣。镌刻姓名之事，在一天半时间内完成，效率奇高。此举对凝聚龙学者也有很大的作用。

龙游于水，游于滔滔的长江水。从广州到镇江到北京，《文心雕龙》是跨越大江南北的巨龙。去年《文心雕龙》研讨会在台北的师范大学举行，台湾的龙学者王更生、沈谦诸教授，与大陆众学者风云际会于宝岛。《文心雕龙》因此也是结合海峡两岸的文化之龙。

香港“龙学”显香港特色

香港有九龙半岛，与龙学也甚有渊源。数十年前集饶宗颐、黄继持、李直方等当时师生之力，已有龙学专刊面世。潘重规、苏文擢、蒙传铭、陈耀南、陈志诚、罗思美、邓仕樑、邓国光等也有专著，欣赏奇文、辨析疑义。1983 年香港中文大学出版社出版了施友忠中英对照本的《文心雕龙》全译本，1999 年香港大学则出版了黄兆杰等的《文心雕龙》全译本。我自己十余年来，则发表过几篇论文；或尝试用比较文学的方法，阐释此书的理论，或实验性地把刘勰的理论用于现代作品的析评。如果说内地的龙学以主流研究（注释、考据、《文心雕龙》本身的义理）为主，则香港中西比较式的那些探讨，可名为交流研究。香港是中国大龙的一小部分，香港的龙学者，具备中西交汇的文化特点，从事一些交流研究，是顺理成章的事。

20 世纪的西方文学理论，霸权式地影响全球的文学界。中国文论家在世界文论界没有发出任何声音。21 世纪中国文论如要在世界占一席位，可从发扬《文心雕龙》开始。鲁迅早就说过《文心雕龙》的价值，可与希腊亚里士多德的《诗学》相比。然而，西方大学文学系的学生，人人都读《诗学》，而知道《文心雕龙》者万中无一。《文心雕龙》的外文译本面世已久，但西方文论家和文评家，何曾有人引用过刘勰的神思、情采、物色等高明而中庸的理论？向西方文论界推介《文心雕龙》，已经成为 21 世纪中国龙学者的一个责任了。

让“雕龙”化作“飞龙”

在这次会议中，我除了宣读论文、担任小组会议主席外，还在闭幕式上致辞。我这篇文章即根据当日发言增益而成。镇江市政府全力支持是次会议，当地的报纸《镇江日报》和《京江晚报》，天天头版甚至头版头条报道会议的消息，使人感动。我在闭幕式上说，镇江可以凝聚多方面的人力物力，发展成为龙学的中心，众多龙学者各尽所能，使龙学腾跃，包括向西方推介《文心雕龙》，雕龙乃成为游龙，成为飞龙，飞向世界。翌日《京江晚报》报道会议内容时，即以《让"雕龙"成"飞龙"》为标题，道出了我和很多与会者的心声。

写于 2000 年 4 月

[后记] 上文提到的镇江市图书馆《文心雕龙》数据中心，挂牌后做了很多工作，包括《文心学林》的出版。它刊载《文心雕龙》和《文选》研究的相关活动信息和论文，内容越来越丰富；至 2016 年 6 月，已出版了 33 期。《文心雕龙》是当世显学，备受重视。2016 年 6 月出版的第 33 期，各种相关报道包括"首届莒县刘勰文艺奖"的颁奖、"莒县 180 余米《文心雕龙》书法长卷亮相"、李肇础完成《文心雕龙》全书的德语翻译；李氏的博士论文题为《刘勰〈文心雕龙〉一书中关于比喻的理论—德汉语修辞比较》（德语），于 1984 年在德国出版。同期有林中明的《从〈丽辞〉到"联艺"——〈文心雕龙〉艺术应用的落实简述》，所述种种，可谓为《文心雕龙》的"跨领域应用，又开了新的天窗"。

2016 年 7 月下旬志

“文心馆”咏叹调

怀着朝圣的心看到衰残苍凉

在扬州盘桓了多天，5月中，我们自驾车南下。过了润扬长江大桥，在镇江（古称“润州”）略做访问与参观，当天晚上抵达南京。扬州、镇江和南京我来过多次，这次再来六朝金粉之地，看了繁华，还要重访清幽。翌日驱车到了中山陵景区，停车暂借问，循着林间幽径寻到了“刘勰与文心雕龙纪念馆”。绿树扶疏中粉墙黛瓦的纪念馆，外观看起来和十多年前初访时一样洁净。正想进门，差点踢到一大块黑色的木板——门封了，木板上有告示：“内部维修，带来不便，敬请谅解。”我观前顾后，周遭没有别的建筑，极少行人，一片孤寂。东晋时王徽之访友，乘兴而来，未及见友就觉得已然兴尽，遂折返；我乘兴而来，怀着朝圣的心情，心事未了，只能败兴而返？我要向一千五百年前的伟大批评家致敬，却不得其门而入。王徽之的父亲王羲之是“书圣”，我要致敬的刘勰则是“文圣”啊。等了好一阵才碰到一个路人，我站在纪念馆门外，请他为我拍了照片，马上传给内蒙古的“龙友”万奇教授，聊以“立此存照”。

不甘心败兴折回，我在馆的侧面窗子左右窥视，咦，里面有人。经过喊话、要求、自我介绍后，我得以入门进堂。十多年前初访留下的印象不算很好：馆内的陈设品不丰富、欠精彩，展板的介绍文字多有错误。现在应该有增益、有优化了吧，应该像刘勰所说的隽文佳篇一样，“衔华而佩实”了吧。

刘勰空前迄今绝后的杰作《文心雕龙》就是在这里或其附近的定林寺写出来的。放在世界的文学理论地理上，这本中华经典的海拔，应有珠穆朗玛峰那个高度。它是中华文化自信的一个突出表现。这个旧馆应该已经翻新或正在翻新，就算不富丽，也该有相当的堂皇吧。然而，我的期望从高峰跌到低谷——现在这个馆的外墙虽然完好，馆内几个厅室都很残旧；除了刘勰的一个半身像和一个坐像，没有什么可纪可念的文物，连从前那些错误颇多的说明展板也不知所踪。在此炎午，举目所见，此馆已荒废多个年月，一片衰残苍凉。孤零零驻守在馆的女士一边介绍一边警告：“不要走到前面去，你看你看，残破的屋顶快要塌下来了！”

体大思精：这“中经”比“西经”伟大

文学有如人生社会的万花筒，阅读文学有助于我们对人生社会的认识和启悟；文学是语言的艺术，阅读文学有助于我们语文能力的提升。刘勰说“文之为德也大矣”，文学有大功能。我们阅读文学、写作文学、研究文学，因而有文学理论。《文心雕龙》是文学理论既华且实的七宝楼台，是高端的文学理论百货公司，说是文学理论的百科全书也可以；其理论极高明而道中庸，其体系庞大而论述精审，获得历来论者共同的赞誉。在中国文化史上，论博大精深，文学理论的《文心雕龙》，其价值有如史书中的《史记》，有如诗歌中的杜甫诗。曾鄙视中国古书的鲁迅，不能不“良心发现”，拿《文心雕龙》来和西方的经典《诗学》（*Poetics*）相提并论。其实，中西比较文学研究的有识之士，莫不认为这部“中经”比“西经”更为体大思精，更为伟大。

近世以来，中华的文化人多有“重西轻中”的思维，一面倒崇洋者不在少数。中华文论界多有人紧跟西方的“显学”之后，成为（后现代主义、后殖民主义的）“后学”的。他们从事文学评论时，千篇一律离不开“第二性”“酷儿”“他者”“后殖民”“离散”“权力”“范式”“历史记忆”“国家想象”这些现代西方话语。“洋货”自然有其用处，可是崇洋者眼中没有或几乎没有“国产”。还有，很多崇洋的“后学”把文学当作“文献”，只探究其缤纷的文化内涵，而不管其璀璨的文辞艺术。换言之，正如我的老师陈颖先生所说，文学被当成 documents（文字记录），而不是 monuments（艺术丰碑）。西方虽然有当代“显学”的异议者如哈罗德·布鲁姆（H. Bloom），但难以力正乾坤。

是东方明珠，是浩瀚草原

《文心雕龙》并重文学的内容和技巧（即兼顾“情”与“采”），加上它对发挥“正能量”（如“炳耀仁孝”）的强调，构成刘勰周全而通达的文学观。刘勰知道文学批评常常“褒贬任声，抑扬过实”，为此他提出“六观说”，贡献了一套比较客观的批评标准。写作是甘苦得失寸心知的事情，他生动地讲述捷成和苦思的不同故事，这里只举一些有趣的苦况：琴挑文君的才子司马相如潇洒挥毫吗？不，他口含毛笔构思，直到笔毛都腐烂了。扬雄的《甘泉赋》甘美吧？不，写作之苦使得他刚放下笔就做噩梦：五脏六腑从肚子爆出来，他赶快用手放回去……

《文心雕龙》的内容非常丰富，而且它本身就是美文。刘勰说：“太阳和月亮，附贴在天空；山岳和河流，交织着大地。”“云霞炫耀着灿烂的华彩，超越了画匠的妙心；草木散发着生命的光辉，不必要织工的巧手。”他认为文学之美，来自自然之美，蕴含极有意义的“天人”观。上面的句子，显得对称。是的，我国的方块字有独特的对仗元素；刘勰笔下正流露这样的美学，此书的《丽辞》篇即畅论这种美学。上面所引不是原文，而是语体翻译。原文有一千五百年的历史，而且是骈文，却也并不很难读懂：“日月叠璧，以垂丽天之象；山川焕绮，以铺理地之形。”“云霞雕色，有逾画工之妙；草木贲华，无待锦匠之奇。”上引的语体翻译出诸香港陈耀南教授的手笔，“东方之珠”的学者，非常珍视这颗文论的东方明珠；就像远至内蒙古的王志彬、万奇诸学者，把它的伟大视作浩瀚的草原一样。

让“雕龙”化作“飞龙”

全国各地都有研究《文心雕龙》的学者，我戏称这些学者为“龙兄”“龙弟”“龙叔”“龙伯”——近年还增加了很多“龙姐”“龙妹”，名单举例不尽。百年的“龙学”成果丰硕，研讨会开过无数次，已出版的各种论著达数百本；以“龙学”会友，“中国《文心雕龙》学会”已成立了几十年。台湾的沈谦教授，爱此书，为此精研覃思不用说；他爱到给女儿取名沈文心，将儿子唤作沈雕龙。国外的汉学界，对它也珍如拱璧，有多种外文译本。中外的研究者把“龙”翻译为 dragon，然而，他们都知道中国龙祥瑞，与西方传说中凶暴的 dragon 不同。中西的“龙”不同，但《文心雕龙》的理论具有普遍性，放诸四海而皆准；具有恒久性，经得起千百年时间的考验。

刘勰在书中慨叹：“音实难知，知实难逢，逢其知音，千载其一乎！”百年来“龙学”发展，知音已多，可惜没有遇到南京文化主管部门的知音。这次参观时，是“孤馆闭”（宋代秦观有“可堪孤馆闭春寒”的名句），而且这孤馆可能坍塌。为这本伟大经典及其作者建设的纪念馆，现在竟然如此残破没落，我一边观察，一边叹息。我问那位驻守的女士：“这个馆会修葺、重建以至扩建吗？”她叹息道：“据说会拨款几万元加以修葺。”

为刘勰先生鸣不平

早几天在扬州的瓜洲，无意中参观了“《春江花月夜》艺术馆”，这新建的艺术馆小巧清丽，设计精良。扬州一定耗资不菲，而这只是为一首诗建的。后来从扬州过桥到镇江，“赛珍珠文化公园”庞然出现：故居、纪念馆、书屋、办公大楼、花园、诗墙、赛珍珠雕像、赛珍珠家人群雕、《大地》（*Good Earth*；赛珍珠 Pearl Buck 以此书赢得诺贝尔文学奖）书册大雕塑，加起来整个公园的面积是 1.64 公顷，比两个足球场还要大。赛珍珠在镇江出生，先后居住于此的时间达 18 年，受到推崇的《大地》讲的又是善良的中国百姓；为这位美国作家建个文化公园，有情有理（此公园也是市民文化活动的新场所）。

江苏的省会南京，有宏伟亮眼、耗资巨大的文化场馆建设，如南京博物院，如中国科举博物馆；对不止是“比得上”珍珠，而是真正珍珠的《文心雕龙》，为什么这样吝啬？甚至在“秀才人情”方面，也显得不得体。南京博物院有一块“名牌”列举南京（也许包括整个江苏）历史上的宗师、巨匠、泰斗；“文学巨匠”有施耐庵与《水浒传》、吴承恩与《西游记》、冯梦龙与“三言二拍”、吴敬梓与《儒林外史》、曹雪芹与《红楼梦》、刘鹗与《老残游记》，而刘勰名落刘鹗。他应该名列榜上，且位居最前，他比榜首的施耐庵早了八百年。

中山陵景区应该有刘勰及其经典杰作的雅丽纪念馆，“雅丽”是刘勰最爱的文学风格。如果认为原址偏僻，把纪念馆移到较为“繁华”的市区当然更好。我们所知的刘勰生平事迹不多，缺乏传奇故事可说；《文心雕龙》是用文言书写的理论著作，很难受到广大民众的耽读与追捧。这个馆可以这样设计：介绍刘勰本人的生平，特重其博学苦研；略为描述他那时代的文化景观；介绍《文心雕龙》的内容、价值、影响、研究概况；进一步介绍中外文学理论和文学批评的大概，及其对人们文化生活的滋润和弘扬（“润扬大桥”的名字真好）。所有陈列和说明要妥帖、生动、精美，要充分利用现代资讯传播科技，要在文化推广上有价值，要在彰显中华文化自信上有作用。一言以蔽之，就是和刘勰对“作品”的要求一样：“衔华而佩实。”刘勰认为文学有“发挥事业”的任务，这个馆要发挥的，是文化事业，是教育、是爱国的“大矣哉”事业。

那天看到“孤馆闭”，看到孤馆残破苍凉；十多年前这个馆毕竟好好矗立着，如今式微，我心能不伤悲？我为刘勰先生鸣不平，希望南京厚待刘勰先生。

写于 2020 年 8 月

对联唯我国独尊

春节富丽·春联添美

西方欧美各国，一年中的最大节日，无过于圣诞与元旦相连的那一周。由松树装扮而成的圣诞树，披挂红蓝黄绿的灯泡饰物；围着树的是圣诞花一品红，以及包装缤纷的礼物盒。教堂张灯结彩，点缀着耶稣降生、圣母抱婴、博士朝圣的《圣经》故事。盛装的男女老少，吃大餐望弥撒，互道贺节贺年卡片上标准而永恒的十音节语句：Merry Christmas and a Happy New Year！ Merry 和 happy 同义，贺词就是“圣诞快乐，新年快乐”。香港人搞笑，把 Happy New Year 读成“哈皮扭耳”，好像要嘻嘻哈哈嬉皮笑脸去触扭耳朵。“哈皮扭耳”大概是要和读歪了音的“恭喜发财”即 Kong Hey Fat Tsoy 比美吧。居住在香港的老外，入乡随俗，就这样四声不准地与香港人一同“恭喜发财”一同快乐。

老外在香港住得久，而且在春节到过内地旅行观光，就知道而且惊讶于中国人过年风俗的“繁文缛节”：花灯、花市、红包、爆竹、年画、舞狮、年饭、拜年、元宵灯谜等节目非常纷繁。说到花，不只是一品红，而是十品百品的水仙、牡丹、芍药、剑兰、百合、蜡梅、菊花、兰花、迎春花，花花世界花枝招展，而且有容乃大地包容了西方的名种如玫瑰与康乃馨。华南一带，还有整株的橘树和桃树，摆设在大厅大堂。略识花木而不求甚解的人，橘、柑、桔三者一视同果；而大桔者，大吉也，于是有大吉大利的寓意。桃呢，粤语的桃、图同音，厅堂里红花朵朵的桃树挺立，乃大展宏图之意。从商从政者，谁没有种种大图？

过年风俗的富赡，还见于茂盛的文字。如各式的春联：“花香鸟语春无限，沃土肥田猪有功”很接地气，很乡土；“朱笔题名于雁塔，绿风摇柳动莺声”中朱、猪谐音，显得名士风流；“迎新春应赞猪为宝，辞旧岁莫忘犬看家”迎新又念旧，心意仁美。龙岁马年，我们不用大绞脑汁，嘉言美语就尽出心胸。于是猪年猪为宝，犬年犬为宝……年兽各有其宝。

春联是对联・对联讲对仗

传说中国第一副春联出自后蜀君主孟昶写的“新年纳余庆，嘉节号长春”；庆有余，春长久，美意隽永。敦煌经卷显示有更早的春联，即“三阳始布，四序初开”，也是一双嘉言。与嘉言同样重要的是，这对春联在形式上，其词性相称、平仄相对、上联收仄声下联收平声，完全符合对联的要求。据考证，此联是唐玄宗开元十一年（723）的作品，那时大诗人杜甫11岁。为什么提及杜甫？因为他写过大量的“对联”——在每首律诗中藏了两副“对联”。从杜子美早年咏马诗的“竹批双耳峻，风入四蹄轻”，到晚年自咏诗的“春水船如天上坐，老年花似雾中看”，子美一生以对仗为美；诗风“飘逸”的谪仙李白，却也爱对仗，像早年的“树深时见鹿，溪午不闻钟”“暮雨向三峡，春江绕双流”。

从《尚书》的“满招损，谦受益”，到《诗经》《楚辞》、古风乐府到骈文中形形色色的对仗句子，到春联到律诗的颔联和颈联，无不有对联，或者本身就是对联——本文所说的对联，有时就其广义而言，即包括形形色色对仗或严或宽的句子。我国的方块字因为有一字一音一义的特色而有对仗、对联，汉语之有对仗、对联，仿佛是自然而然的事。这一点，我国文学理论经典《文心雕龙》说得极好：“日月有如重叠的璧玉，来显示附在天上的形象；山川好像灿烂的锦绣，来显示大地的形貌富有纹理。这些都是大自然的文章。”（原文是“日月叠璧，以垂丽天之象；山川焕绮，以铺理地之形。此盖道之文也”。）又说：“自然赋予我们的形体、肢体，都是成双成对的；这是造化的作用，说明事物都不是孤立存在。人要表达思想，因而产生了文辞；创作时有多方面的裁剪考虑，如高低上下左右相互配合，自然就有了对仗。”（原文是“造化赋形，支体必双；神理为用，事不孤立。夫心生文辞，运裁百虑，高下相须，自然成对”。）

西方文化无此中华特产

西方各个语种的特点与汉语不同，所以没有我们汉语极具工整之美的对仗。英国大文豪莎士比亚讲究语言技巧，早期的作品《罗密欧与朱丽叶》的文辞特别华丽，其中一些词句“近似”汉语的对仗，例如“fountains issuing from your veins”和“fire of your pernicious rage”两个词组；力求读起来像对仗的翻译，可以是“血脉的紫红泉”和“刻毒的愤怒火”。同剧下面这一双，原文为：

Love goes toward love，as schoolboys from their books;

But love from love，toward school with heavy looks.

这里说的是金童玉女两个恋人相会缠绵后难舍难分，梁实秋的中译如下：

赴情人约会，像学童抛开书本一样；

和情人分别，像学童板着脸上学堂。

梁译经过“汉化”，看起来真有点对仗的工整；原文却与汉语对仗的工整距离尚远。英国首相丘吉尔的词锋文笔俱佳，曾获诺贝尔文学奖。他有名句论述资本主义与社会主义的分野，和上引莎句一样，也只是“近似”而已。此外，英语诗歌中有“英雄偶句”（heroic couplet），只是音节数目相等的两行诗，押韵而已，和对偶无关。西方文化没有中华的对仗、对联。

对仗的文化基因繁衍出亿万“龙凤胎”

对仗这独特的中国文化基因，数千年来繁衍出亿亿万万个文字的双胞“龙凤胎”。唐代青年才俊王勃的“落霞与孤鹜齐飞，秋水共长天一色”领骈文的风骚。老病的杜甫生活艰苦，而诗律仍然细密，对仗仍然力求工巧：“丛菊两开他日泪，孤舟一系故园心”；“匡衡抗疏功名薄，刘向传经心事违”；“关塞极天惟鸟道，江湖满地一渔翁”……李贺的母亲为儿子“呕心沥血”作诗而难过，然而，不苦吟，他何来“昆山玉碎凤凰叫，芙蓉泣露香兰笑”的锦囊佳句？李商隐的律诗在文学史上享誉崇隆，一联“此日六军同驻马，当时七夕笑牵牛”，让我们感到马嵬坡和沉香亭的悲与喜何其戏剧何其鲜明。韩愈不满当时缛丽的文风，提倡古文，然而他《进学解》的“业精于勤荒于嬉，行成于思毁于随”“口不绝吟于六艺之文，手不停披于百家之编”，其间有多少骈俪、多少对仗？明清章回小说的回目都是对偶句，《红楼梦》就以“甄士隐梦幻识通灵，贾雨村风尘怀闺秀”的回目开启场景。

五四新文学发轫之初，胡适的“八不主义”包括“不讲对仗”，其《谈新诗》一文甚至把绝句律诗说得一无是处；然而，他笔下“醉过方知酒浓，爱过方知情重”的隽语，以及“大胆的假设，小心的求证；认真的做事，严肃的做人”的格言，证明对仗的“幽灵”在他心中和笔下静悄悄地出现，他摆脱不了对仗这中国文化的集体潜意识。五四时期知识分子多有反对中国传统文化的，鲁迅等人主张废除汉字，要把线装书扔入茅厕；但他写律诗，经营对仗，如“横眉冷对千夫指，俯首甘为孺子牛”，谁不赞叹其精巧？钱锺书笔下没有对仗就不舒畅，他论宋代为官制度的“又宽又滥的科举制度开放了做官的门路，既繁且复的行政机构增添了做官的名额”，对得多长！又如写新诗的余光中，述说暮年回到母校厦大的情景：“掉头一去是风吹黑发，回首再来已雪满白头。”他大半生读英国诗歌、教英国诗歌，而在音节抑扬（iambic）之间，从黑发到白头，其诗文往往离不开汉语的对仗结构。刘绍铭是留美的比较文学博士，其自传式小说《二残游记》的回目却仿效明清作法，十分“国粹派”，真可谓“饮西洋墨水，撰汉语对联”。

在香港，老师宿儒如饶宗颐、苏文擢是制联（制作对联）的能手高手；武侠小说名家金庸和梁羽生，“香江论剑”，制联不甘人后。诸公俱往矣。我的旧同事如黄坤尧，制联多年多佳作，其“处女泉”楹联，悬挂在陕西省洽川县景点的门口，已为游人观赏有年。吾友陈耀南任教香港大学时期和后来半隐居澳大利亚时期，一直讲对联、写对联。其《文化情辞赏对联》一文，阐述对联这独特的中国艺术形式，极为赅要生动，值得大力推荐阅读。陈耀南写道：“介绍中国文化最经济有效的形式，是对联。”这就是对联的福音。

应列非遗名录，对联我国独尊

在成都游杜甫草堂，参观武侯祠，假如把其中的楹联都拿掉，就子美不美，孔明不明，就好像孔雀的美丽尾屏被拔掉。二十多年前游山东，泰山的楹联刻石“漫山遍野”，是泰山文化中不可或缺的组成部分。

对联不只是顾宪成“风声雨声……家事国事……”或者武侯祠“攻心”“审势”“知兵”“治蜀”那样严肃；也有充满谐趣的：“无酒安能邀月饮，有钱最好食云吞”（云吞是一种广东小吃，据说源于北方的“馄饨”）。流沙河写过很多谐趣对联，其一是“革新你饮拉罐水，守旧我喝盖碗茶”。这是某年在成都他和我喝茶时，充满茶香脱口秀出的。

对联种类繁多、用途广泛，天文地理、春夏秋冬、时代社会、庆生悼念各种题材都是制联的对象。对联之用大矣哉！对联这传统悠久的独特文字艺术，我最近好奇，翻查国家非物质文化遗产名录，数百项中竟然没有它。对联应该榜上有名，甚至晋升世界的“非遗”金榜，正是：“应列非遗名录，对联我国独尊。”

写于 2019 年 1 月下旬

第三辑

翻译·新诗·过度西化

绮色佳、翡冷翠……

胡适可能是“妙译”的“带头人”

回顾百年的新文学史，一定会提到胡适（1891—1962）这位先驱。1917 年他发表《文学改良刍议》，1918 年发表四首新诗，1919 年发表《谈新诗》，一年一“惊喜”，都是开风气的作为。另一个作为，比三个“首先”更早的是，他把康奈尔大学（Cornell University）所在的纽约州小城 Ithaca 翻译为“绮色佳”。在诸多新文学家中，他可能是欧美地名美妙雅致翻译的“带头人”。这种翻译审音度义，往往含蕴翻译者的主观情意，译语的音义俱佳，受众的耳目无不为之触动。胡适 1910 年入读康奈尔大学，校园湖光山色，让人享受其幽美绮丽，“绮色佳”真是个佳译。

冰心、徐志摩各有“妙译”

同为留美学生，在马萨诸塞州卫斯理学院（Wellesley College）求学的冰心（1900—1999），对当地一个小湖 Lake Waban 的汉译，投射的心情就与胡适不同了。大概是 1923 年，冰心在她的《寄小读者》中这样描写湖景：“湖上风来……水面闪烁着点点的银光，对岸意大利花园里亭亭层列的松树，都证明我已在万里外。Lake Waban，谐音会意，我便唤她‘慰冰’。……每日黄昏的游泛，舟轻如羽，水柔如不胜桨。……我在湖上光雾中，低低的嘱咐它，带我的爱和慰安，一同和它到远东去。”我记得在别的文章里，冰心写她因病住院，时日寂寥，常观望医院外的 Waban 湖；湖水微波传情，好像可以给她一些安慰，所以把湖名翻译为“慰冰湖”。

先留美后游欧的徐志摩（1897—1931），其诗《翡冷翠的一夜》令“翡冷翠”一夜成名。翡冷翠依据的是意大利文 Firenze 的发音，此城英文作 Florence，即通常的汉译佛罗伦萨。此诗以女子的口吻（有论者认为是陆小曼的口吻）倾诉心声，有爱情、离别与死亡的纠结矛盾。写诗的时候，徐志摩人在翡冷翠，但诗中说话者（即该女子）不在此地，以《翡冷翠的一夜》为名，似乎有点文不对题。然而，诗中情怀凄冷悲苦，有“夜黑”和“冷心”等字眼；这个欧洲文艺复兴的璀璨名城，被多情的徐志摩“青睐”为冷艳的翡翠，简直是“私心自用”！是年 6 月写了此诗，7 月又有《翡冷翠山居闲话》一文；Firenze 的冷艳，于是定了调。

地理书和学术论著中，佛罗伦萨是这个城市的正名；诗人墨客，特别是喜爱徐志摩的，则拥护翡冷翠这个别号。翡冷翠这妙译一经确立，就坚硬如翡翠这种“硬玉”。不过，余光中（1928—2017）认为这块玉有大瑕疵。2010 年夏天他游览佛罗伦斯（又译佛罗伦萨，此为余光中文中译名），回台后撰长文为记，第二段就提出批评：“徐志摩游学欧陆，把佛罗伦斯的意大利文原名 Firenze 译成‘翡冷翠’；大家艳羡不已，认为绝美。其实这译名根本不合真相，因为佛罗伦斯在鸟瞰之下，鳞次栉比，起伏绵延着一片陶红的屋顶，看得人眼热颊暖，根本不冷，更不翡翠。”长文分四天在《联合报副刊》连载，余氏隔代“呛声”。编者摘录这里所引片段，作为余文开首的“吸睛”隽句。通篇文章中，余氏弃翡冷翠而用佛罗伦斯之称。

周策纵、金耀基都“审音度义”

翡冷翠之名，隐含翻译者当时并不温暖的心情；有类似心情的另一个妙译是周策纵（1916—2007）的“陌地生”。周氏1948年赴美留学，其博士论文内容是五四运动史，论文修订后1960年由哈佛大学出版社出书，深受好评。可是他谋求教职并不顺利，过了好几年，才得到位于Madison市的威斯康星大学（The University of Wisconsin）东亚系聘任。周策纵操湖南口音颇重的英语，向洋青年讲学府中“冷门”的中国文学，学生听到杜甫，会误以为是超市卖的中国食品豆腐。他在大学的小城难免有“离散”（diaspora）情怀，把住所称为“弃园”，把所在的街道Mindon Road翻译为“民遁路”。有诗句曰“久客真如弃”，他的主观心情投射到客观世界，于是小城成为格格不入的陌生地，而他是这个陌生地方的书生。“陌地生”的来源在此。这三个字也有这样解释的：“生活在陌生地方的家园。”

西方的存在主义思潮，20世纪上半叶起席卷文艺世界；存在主义作家加缪的小说《异乡人》（也有翻译为《局外人》的）在1942年出版，影响深远。心理的“异乡”之外，真正现实世界的异乡人周策纵，有此“陌地生”的妙译，很可理解。威斯康星大学校园有秀气的小湖 Lake Mendota。这个湖在该校华人留学生中，可以是：梦到他？梦到她？梦到她（梦到中国，可用“她”指称国家）？解释之妙，存乎一心。美国 University of Iowa 中的地名，有翻译成艾奥瓦、爱奥华、爱荷华、爱我华的。爱我华？在美国爱我中华，可说是异乡人爱国的一种特殊情感。

社会学者、香港中文大学前任校长金耀基（1935—）能文，其散文中有“麦穗秋色”一词；如果单独看此四字，会以为是一幅印象派绘画的名字。金氏喜欢秋天，写作此文时，大概是他生命中事业丰收的金秋时节，乃有此个性化翻译：“麦穗秋色”就是 Massachusetts；一般翻译为“马萨诸塞”，又“萨”又“塞”，真煞风景，怎能和作者的唯美情绪匹配？

审音度义的翻译之妙，存乎一心。对地方的感受，可“冷”可“陌生”，可以等待安“慰”，也可以欣喜其佳“色”，不管是在春情期，还是秋收的季节。绮色佳、翡冷翠等等，欧美地名的汉语妙译至少有百年的历史了。

写于 2019 年 4 月下旬

审音度义的妙译

——从“可口可乐”说起

把“信达雅”改为“信达妙”

翻译引出了翻译理论。20 世纪是著名的“主义”（ism）时代，人文学科形形色色的理论极多，翻译学也如此。在中西古今各种学说中，严复的信达雅说，虽然已经老旧，却一直在中华的翻译界占有地位。对于严复之说，我一向不照单全收。信和达当然必要，雅就难说了。把一些雍容典雅、声韵抑扬的商籁体（sonnet）诗歌译为中文，译文自然必须求雅；这样的雅，只是信。把 19 世纪伦敦贫民窟的粗言俗语甚至污言秽语，译成中文，译文就应该求俗了；这样的俗，也是信。达呢，就是译文在表达原意的时候，不生硬拗口，即文字畅达。如果要修订严复理论，我会用“妙”代替“雅”，即把“信达雅”改为“信达妙”。钱锺书称赞的文学书写，必须有“行文之美，立言之妙”。我所说的妙即是此妙，也是我把 Muse 翻译成“妙思”的妙；是贺拉斯（Horace）所说 dulce et utile（甜美和有用；有趣和有益）的 dulce；是妙趣的妙。

翻译时审音度义，翻译出来音义俱佳，得受众（audience）

欣赏的，就是我所说吸引读者眼睛的“信达妙”中的妙译。在商业活动里，品牌和广告，极为重视审音度义的妙译。近百年来，品牌的中文翻译，最为可圈可点、可赞可赏的妙译，应该无过于把 Coca Cola 汽水翻译为“可口可乐”了。这是蒋彝译出来的，1935 年，这种美国汽水要打开中国的市场，乃向当时在伦敦教书的蒋彝请教译名，蒋彝想出了“可口可乐”一词，“润笔”是 15 英镑。可口可乐的原名是 Coca Cola。这两个字双声叠韵，念起来非常顺口。蒋彝的中译也双声（可、口）叠韵（可、乐，以普通话为准），且在顺口之外，还可口，还可乐，真是了不起的佳译。

我曾就 Coca Cola 字的意义，向香港可口可乐总代理的公关小姐请教。她说 Coca 和 Cola 是两种植物的名称，此外似无进一步或深一层的含义。Coca 乃南美产的药用植物，Cola 则为非洲产的硬壳果树木。蒋彝为这种汽水译以嘉名，对此汽水的风行，我相信必定有益和有建设性。据说目前为可口可乐广告作一曲者，可得十万美元的润笔。蒋先生起了这样好的千秋万世名，只得区区，似有不值。如果我是可口可乐的总裁，且懂得可口可乐四字的音义之美，那么，当年除了酬蒋先生以润笔外，还应该赠他永远免费喝可乐，以为润喉。

百事可乐·百事吉

“百事可乐”（Pepsi Cola）的 pep 是活力之意，中译音义俱佳，奈何有可口可乐之美名在前，后者不承认“老二”是不行的。

“七喜”（7-Up）的译法主要取其意义，以“喜”译Up，是神来之笔。Up有在上、向上、奋起等意。然而，如果把它译为“七上”，则读者饮者必会想起“八落”，那就注定是败墨了。“七喜”在语音方面和7-Up没有关联，不过，“七喜”两个字在普通话是押韵的，这补了音译上的不足（“七喜”先流行于香港，译名大概起于香港，而那时翻译的人只顾粤音，大概不会顾到普通话，除非该译者是先知，预见内地改革开放后引进各种国外饮品）。

从汽水升级到酒，洋酒中，法国干邑（Cognac）、白兰地、“马爹利”（Martell）和“人头马”（Remy Martin）的译名我不能让它们进入“妙译榜”。“拿破仑”更不要说，虽然它乃来自历史上的大名人。“百事吉”（Bisquit）则让我另眼相看。不少香港人非常迷信数字，“三”（生、生长、生气）和“八”（发财、发达）二字值万金。很多年前，单单一个“八”字的私家车车牌，拍卖时叫价竟高达十万港元以上。“七”（吉，吉利）这个数目也受欢迎。“百事吉”者，百事大吉也。何况粤音“百”与“八”相同，更增身价。我是香港人，未能免俗，过年过节，送礼自奉，不加思索地必买此酒。

有香港特色的“妙译”

“妙译”的反面教材，可与“拿破仑”相比的，有“德忌笠街”（D’Aguilar Street）。名字不美，名气却大，维基百科收录了它。这条街道位于香港中区，名字来自George C. D’Aguilar，1843

至1848年他担任香港副总督一职。“忌笠”了一百多年后，街道获赐嘉名（说是“平反”也可以），二字变为“己立”。你看，“德己立街”寓意德行由自己建立，多有励志作用。更名后那条街的物业我想已升值了。

翻查香港历史，英国1842年占领香港岛后，英政府委派官员到香港任总督，从首任璞鼎查开始，包括文咸、罗便臣、麦当奴（MacDonnell）、坚尼地等，这些中文名字都不风骚文雅，也不像是华人的名字；1925年金文泰就任第十七任香港总督，之后如郝德杰、罗富国、葛量洪、柏立基、戴麟趾、尤德、卫奕信、彭定康就变得又文雅又像是华人的名字了。其中戴麟趾尤其典雅；但他如果也学写汉名，笔画之多，极可能令他却笔。

香港在英国殖民时期，对宗主国的历任首相，都有佳美的译名；香港回归后，还是给他们译得嘉名。最近数十年中，就我记忆所及，如戴卓尔（Margaret Thatcher即撒切尔夫人），马卓安（John Major即约翰·梅杰），文翠珊（Teresa May即特丽莎·梅），都翻译得体面美好。内地一般只求读音相近，把Thatcher译为“撒切尔”。1982年她在北京走出人民大会堂时差一点失足跌倒，我想是与心情欠佳有关，而非因为气愤译名不美。顺便指出，我写作本文时，用汉语拼音输入daizuoer，mazuoan，wencuishan，就出现戴卓尔、马卓安、文翠珊，从此可见香港、内地有不少东西是互通的。然而，我输入bixian，却只出现“笔仙”“避嫌”与“避险”这类词汇，出不来我要的“碧咸”；输入shidan，却出现“实弹”“屎蛋”，出不来我要的“施丹”。Beckham香港翻译为“碧咸”，内地为“贝克汉姆”；Zidane

香港翻译为“施丹”，内地为“齐达内”。这方面尚待互通。

从香港的路名“麦当奴道”我们嗅到“仙奴”的芬芳。粤音以 n 为声母的字不多，加上早期殖民政府的“师爷”可能有意暗暗发泄怨气，乃在译名上作怪，不美不善的词汇经常出现，反正他们的洋大人不懂粤语或什么 Mandarin。全球闻名的快餐店 McDonald 香港早期翻译为“麦当奴”，经过一番劳心，才改为“麦当劳”。谁乐意到一个餐厅去当奴隶呢？“当劳”至少有点励志性：人人应当劳动！台湾翻译为“麦当乐”，消费者乐意去光顾啊！同样卖汉堡包的 Burger King，口气很大，在香港创业时，不知是谁的劣作，竟然以“堡加敬”为其招牌；后来知道不妙，才乖乖地“平反”，改为平实的“汉堡王”。

唐明皇把“露华浓”送给杨贵妃

回说“仙奴”，这是香港人对名牌香水 Chanel 的翻译。内地译作“香奈儿”。奈有奈何、如何之意，香如何之，其意颇为耐读，翻译得雅致，而且读音非常接近，妙哉！“仙奴”呢，当人奴隶自然要极力避免，仙人却都是美丽英俊的，当仙人的奴隶，浪漫啊！另一种化妆品品牌 Revlon 香港翻译做“露华浓”，这个美名使我们想起二李的诗篇：李商隐的秾丽，和李白的名句“春风拂栏露华浓”。当年如果已经有“露华浓”化妆品，唐明皇一定送给杨贵妃用的。“露华浓”这个妙译诗意浓郁。

百年前胡适在美国 Itheca 城的康奈尔大学留学，把风光绮丽的城市翻译为“绮色佳”，音义俱佳。《五四运动史》的作者周策纵在威斯康星大学教书，把所在地 Madison 城翻译为“陌地生”，离散（diaspora）情绪投射，形容自己为陌生地方的书生，音审义度，却惹得报刊的编辑无端端犯错误：文稿中的“陌地生”一定是笔误，于是“改正”为“陌生地”，殊不知这个改正实为改错。

写于 2019 年 4 月

啄木鸟之歌

——中文英译差错举隅

爱深责切话英文

各地的交流互动频繁，读过英国小说家狄更斯的小说，而又在各地经常穿梭往来的中华人，由《双城记》当会想到他们自己的三城记，甚或四城记，如上海—香港—台北，或北京—上海—香港—台北之类。我原来长居香港，近几年因工作和其他关系，频繁往来于上海、北京、台北等城市。几年前听香港一个经济学家说，五年后上海的表现将超过香港，我对此甚为好奇，上海真能如此？数十年来与语文为伍，我于是在这方面做个观察、比较，看谁超过谁。

大约五六年前，偶然看到电视上上海陆谷孙教授的演讲。他说香港《南华早报》有文章评论上海的英文，说上海的一个餐厅，竟把“日本料理”译为 Japanese arrangement（意为日本安排），又把“收银处”译为 silver receiving counter（意为接受银的柜台）。陆氏又说，香港人讥笑上海人：“凭你们上海人这点英语就要成为世界金融中心？”陆氏认为上海的英语确处下风。陆氏真是一位谦逊的上海人，他的话爱深责切。我到过上海多次，她这二三十年来面目焕然一新再新，极其兴旺繁荣。这一传奇式以至神话式的大蜕变，为举世所瞩目、惊奇、羡慕（甚至引起黄祸论者的恐惧）；她的一些中文英译，也使人瞩目、惊奇，但并不羡慕。

“鬼魅”来访·人吃“意大利酱”

年前下榻上海某大酒店，里面的英文令我惊异。为求“国际化”，酒店的多个宴会厅冠以世界名城之名，其中有 Roma（罗马）厅。Roma 是意大利文，即是英文的 Rome。负责冠名译文的人，可能英语水平不高，也可能要露一手，让人知道他懂意语。（依此类推，如有科隆厅，则英文之 Cologne 不能用，而要用德文 Köln。）最使我惊愕的是，总服务台的一个铜牌上刻着 Regist visitant please。我猜想它的意思是 Visitor，register please（访客请登记），却猜不透这三个字是古雅呢还是怪异。Regist 一字对我来说甚陌生，visitant 则大概是拉丁文吧。后来检查 *Webster's New World College Dictionary*（《韦氏新世界大学词典》），得知 visitant 之义：“（1）访客，特别指从异域或外国来的访客。”“（2）超自然的访客；鬼、魅，等等。”天啊，我成为天外来客了，是外星人了，或是魔鬼妖怪了。Regist 这样的字母组合则一直不见于字典。负责人偷工减料，把 register 减去两个字母而成 regist？后来在该酒店的大堂看到 Conferece Hall（会议厅）一词，首字显然漏了个 n，然则偷工减料之说或可成立。

“偷工减料”的事物在机场也出现。年前在浦东机场国内航班候机厅内，有点饿了，想吃点什么，看到有个小食店，于是走过去。小食店张贴的大餐牌有“意大利面”一项，心想久违意国美食了，正可一试，却发觉“意大利面”的右边，是英译 Italy Sauce 二字，因而止步。Italy 是名词，这里的 Italy 应改为形容词 Italian 方合。其次，Sauce 者酱也，汁也。我暗想：如果点了一客意大利面，而店小二只给我一碟“意大利酱”（其实我不知道什么是意大利酱，意大利式色拉油 Italian-style salad dressing 我却知道，且爱用），再来一句“先生，请享用你的 Italy Sauce”，则名实相符，我是投诉无门的。其实，即使“名实相符”地把意大利面译成 Italian noodle，也还是不对。一查字典，就知道意大利面是 spaghetti。

食店旁边有一书店。饕餮客做不成，转而光顾精神食物。仍然畅销的《细节决定成败》一书，封面有书名英译，而英译竟然是 Detail is the key of success！英译的介词用错了：非 of，而是 to；我们说 key to success，不说 key of success。光凭这个细节的失误，我已有天大的理由不买不读这本《细节决定成败》。

“韩愈”的诗·“叶先生”成为佳肴

翻阅同行赠我的一本学报，读到的失误“细节”更多。例如，一篇有关《韩诗外传》的论文，其题目的英译最为离谱。《韩诗外传》是汉代韩婴所撰的，译者竟然把书名中的“韩诗”译为 Hanyu’s poems。我想译者是把“韩诗”理解为“韩愈的诗”

了。如果外国有专门研究韩愈的汉学家，在参考书目中得知有这样一篇论文，千辛万苦找到这篇论文来参考，一看，“韩诗”原来如此，他能不心寒？我所见所读的各种人文科学报，其目录及论文摘要的英译，其差错几可用罄竹难书来形容。上海咬嚼中文的金文明先生，如果兼咬嚼英文，一定可写出另一部《石破天惊逗秋雨》那样的大书。

经过多次观光时的“观文”，容我印象式地说：上海的英语表现，整体上与香港有大差距。然而，香港的英语水平，论者说有下降的迹象，教育界都忧心。大概两三年前，香港的报章图文并茂地报道，本港某餐厅菜单上有“牛柏叶”（牛百叶）和 Albert Yip 中英对照的吓人菜式。“叶”照粤音译作 yip，Albert Yip 即洋名为阿尔伯特的叶先生。在上海，“日本料理”变成“日本安排”；在香港，阿尔伯特·叶先生变成香港佳肴。香港什么时候“返璞归真”成为一个食人世界？“香港上海汇丰”是大银行，在饮食业，香港、上海都闹出大笑话。

“豆沙批评水果”·“通奸的象征”

从香港的“牛柏叶”我想到北京的“豆沙水果批”。2008年夏天，我从鸟巢的奥运盛会出来，亲戚享以盛宴，最后一道甜品吃出了几乎喷饭的笑声。孔乙己餐厅的精美菜单上，竟有译名如童话亦如高头讲章：“豆沙水果批”魔幻成 Bean paste criticizes fruit。把译文“还原”成中文，就是“豆沙批评水果”。不能说译者不懂英文，他毕竟知道动词 criticize 的第三人称现在时态要加 s。一大桌中，我是唯一的粤人。我大笑之后是微笑，因为我会心。所谓“豆沙水果批”实为“豆沙水果馅饼”，孔乙己餐厅的经理拟订中文菜牌时，可能有香港的粤人参与其事。馅饼就是 pie，pie 在香港就是与 pie 同音的“批”，诸如鸡批、牛肉批、苹果批以至豆沙水果批。他不知道“一国两译”之理，没有把 pie 译为很有派头的“派”，而译为“批”，以至豆沙竟然可以批评水果，乃不能不引起我的批判。

幸好这次我先做了饕餮客，大快朵颐之后才充任啄木鸟。“豆沙批评水果”之译，可与“富贵不能淫”之译为 Be rich, but not sexy（这是上海学者谢天振教授提供的“经典”）等列为谬妙—荒谬而不失趣妙—翻译的实例。孔乙己餐厅拟菜牌者的语文能力，大概不如鲁迅笔下的小说人物孔乙己。顺便一提，大陆和台湾对 pie 的中译早已统一，是为统“派”。再顺便一提，台湾有创意的食品商人仿效仓颉，创造了由“食”和“辰”合成的一个新字，名其店为“蔷薇饁”。陆客游台，在台北车站的微风广场睹此新字，应能微笑开怀，进而开胃，吃其蔷薇馅饼。

不过，翻译最讲究的不是创意，而是实学。年前在台湾，有一本中英文对照的旅游手册，介绍某少数民族风俗，说在活动中，青年人在脸上涂上颜色花纹，这是 symbol of adultery。中文本为“成年的象征”，译文应作 symbol of adulthood 才对，却成为 symbol of adultery，即“通奸的象征”。这差错的后果比冯京误作马凉、莫奈（Claude Monet）误作马内（Edouard Manet）严重得多，但也可说是“谬妙翻译”的又一佳例。读过美国小说名著的人，看到旅游手册这样的介绍，可能会说：霍桑《红字》中对通奸者的处分，台湾的少数民族也用同一手法，真是东海西海通奸攸同了。

啄出害虫，语文琢磨成美玉

身为语文工作者，我只希望城市的为政者都重视语文。城市应该既是大品，也是精品；伟大的城市是由一小块一小块精品构成的。语文是“衣冠”是“名片”，其优劣对城市的形象很有影响。文化人都重视语言文字，语文差错多，语文应用不严谨、不专业化的城市，尽管城市的其他方面都辉煌卓越（不过，语文差错多而其他方面都辉煌卓越，可能性不大），会让文化人留下不良的印象，若是该城的文化人，则难免有羞赧之感。伟大的城市，应有尽善尽美的语文表现。

语文工作者都应担当啄木鸟的角色，啄出语文的害虫；啄虫之余，还要琢玉，把粗糙的语文琢磨成美玉，城市（其实乡下也应该）要琢磨成精品。啄木鸟发出 tsit，tsit，tsit，chip，chip，chip，ki，ki，ki，rrr 尖厉以至震颤之音，它也有 klee-gu，klee-gu，klee-ay，klee-ay 响亮悦耳之声。语文的害虫被啄出来，语文自然就响亮悦耳了。

写于 2011 年秋

当中文遇见英文

——余光中论翻译体中文

呼吁正视中文西化的功过

当中文（汉语）遇见英文，有什么事情发生？交欢、交恶、交融、交锋？在今年春天的一个学术约会中，余光中将论及两文相交引生的问题。3 月下旬，他在高雄市主持了“余光中文化讲座”，又在当地的一大学领受“翻译成就奖”后，将来到珠三角主持文学活动。2012 年秋天他当过北京大学的驻校诗人，今年春天他将当澳门大学的驻校作家。在澳门，他演讲的一个题目是《当中文遇见英文》。85 岁的诗翁、译翁，不但春华秋实笔耕，硕果累累，更且文旌飘扬，南北腾飞，比 58 岁的人看来还要春秋鼎盛。

“诗翁”是余氏自称，“译翁”则是我加上的名号。余光中的译龄和诗龄一样长，成果同样丰富。译品既多，译论也可观，由译论引申出来的，是当中文遇见英文后的西化中文评论。西化中文就是翻译体中文。

不同语言的地域、国家，如要沟通交流，就离不开翻译。翻译的重要，不言而喻。在近代中西交流史上，中国严重“入超”。“西风东渐”不足以形容实况，而是西风猛吹，东方古老的文明，像是汉家陵阙掩映在残照中，几乎没有招架之力。就以现代中文来说，由于受到西方语言的直接影响，以及西文中译文体的间接熏染，她已相当西化了。西化主要指英语化，因为至今英语仍然是西方语言中影响最大的语言。中文的西化，兼及词汇和句法，范围广远。语言学者王力在 1930 年代已探讨这个问题，描述了种种中文西化的现象。 最近数十年中，香港和台湾有不少学者和作家，讨论中文西化之际，呼吁我们正视中文西化的功过，辨别其间的善恶。高克毅、思果、余光中、梁锡华、胡菊人、董桥、金圣华、黄国彬、黄维樑等，都写过文章劝喻国人，要避免恶性西化。思果常常因为“劣译害人”而忧心忡忡；金圣华因为“生涩造作的译文体”到处肆虐而慨叹；董桥因为西化既深且恶，中文变为“借来的中文”而天天苦口劝世。王力研究现代中文，指出所受英语的影响，他做的是描述性语法（descriptive grammar）学者的事；思果等力陈劣译害人，他们做的是规范性语法（prescriptive grammar）学者的事。处世为人，以至作文谈艺，都有其规范。当中文遇见英文，中文的西化，孰吉孰凶？何去何从？规范到底在哪里？这是兹事体大的问题。我这里只以余光中一篇代表性文章《中文的常态与变态》为对象，加以论述，借此提出中文西化的一些观点，以就教于高明。

余光中长期指陈翻译体中文的弊端

余光中在 1969 年已为文指出翻译体中文的弊端，认为恶劣的翻译“正在腐蚀散文的创作”，使中文难于达意。翻译体中文的种种缺点，包括滥用副词词尾、词组冗长、滥用被动语气、修饰语头重脚轻、句子极长而中间不加标点、所有格代名词画蛇添足等等。余氏论中文西化的文章，至今至少有下列诸篇：1969年写的《翻译和创作》；1972年写的《用现代中文报道现代生活》；1973年写的《变通的艺术——思果著〈翻译研究〉读后》；1976年写的《哀中文的式微》；1979年写的《论中文的西化》《早期作家笔下的西化中文》《从西而不化到西而化之》三篇文章，三者可合成一长文；1983年写的《西而不化的白话文》；1987年写的《中文的常态与变态》；1996年写的《论的的不休》。

《当中文遇见英文》这个题目，余氏多次讲过，我听过他的演讲。中文遇见英文后，有交欢，也有交恶。翻译体中文里的恶性西化部分，就是两文相遇后的恶果，是这个讲题的部分内容，也是《中文的常态与变态》（以下简称《常态》）一文的主体。此文开宗明义指出："一般人笔下的白话文，西化的病态日渐严重"，有时连高明之士也免不了；目前中文的问题是"繁琐与生硬"，"对于这种化简为繁、以拙代巧的趋势，有心人如果不及时提出警告，我们的中文势必越变越差，而地道中文原有的那种美德，那种简洁而又灵活的语文生态，也必将面目全非"。

各类西化语词的滥用

《常态》讨论中文西化时，分为名词、连接词、介词、副词、形容词、动词共六个项目。我在下面先介绍此文的要点，然后选取余氏若干说法来讨论。

第一，名词。余氏指出，西化中文常用抽象名词，使文句冗赘，例如，“国语的推行，要靠大家的努力”这西化句，宜简洁化为“推行国语，要靠大家努力”。余氏又认为目前流行“万能动词（如‘进行’‘作出’）+抽象名词”的句式，如“本校的校友对社会作出了重大的贡献”“心理学家在老鼠的身上进行试验”，导致动词软化、名词成灾，且句子累赘；改善之道，是把句子变为“本校的校友对社会贡献很大”“心理学家用老鼠来做试验”之类。此外，余氏认为“可读性”（readability）、“某某主义”（-ism）的西化用法大可不必。“这本书的可读性很高”可改为“这本书很好看”；“富于爱国主义精神”可浓缩为“富于爱国精神”。至于名词的数量，余氏对“……之一”（one of the……）的滥用，深表不悦；认为“最……之一”（one of the best……）用起来貌似精确，其实不然；觉得“人们”是丑陋的西化词，建议大家用“人人”“大众”“众人”“世人”等就可以了。

第二，连接词。余光中说，中国人向来说“东南西北”“金木水火土”，同类词并列，其间不用连接词；现在受英文影响，中文里常常出现“和”“及”“与”等连接词，以与英文句式的 and 字相应。不过，谁要说“开门七件事：柴、米、油、盐、酱、醋以及茶”，一定会惹笑。

第三，介词。余氏指出，“关于”“有关”（concerning; with regard to）等介词，用得极滥。“关于他的申请，你看过了没有？”“有关‘文化大革命’的种种，令人不能置信。”两句中的介词，完全是多余的。

第四，副词。余氏认为“老师苦口婆心地劝了他半天”中的副词语尾（adverbial suffix）“地”（-ly）可以删去，代以逗点。“孙中山先生成功地推翻了清政府”中，“地”字以至“成功”一词都应删去，因为副词“成功地”在此毫无意义；既然推而翻之，就是成功了，何待重复。

第五，形容词。余氏说：“的”字成了形容词除不掉的尾巴，如“好的，好的，我就来。是的，没问题”。至于名词前后的形容词或修饰语，余氏认为在中文里，如果句子长，应该用后饰法。例如，前饰性的“我见到一个长得像你兄弟说话也有点像他的陌生男人”，如果改用后饰法，就没有冗长的感觉：“我见到一个陌生男人，长得像你兄弟，说话也有点像他。”

第六，动词。余氏指出，“目前西化的趋势，是在原来可以用主动语气的场合改用被动语气”。例如，“他当选为议长”却要说成“他被选为议长”（He was elected Speaker of the House by……），“他有偷东西的嫌疑”则成为“他被怀疑偷东西”（He was suspected of stealing……）。很多人“千篇一律只会用‘被’字，似乎因为它发音近于英文的 by”，却不知道“可用的字还有许多，不必套用一个公式”。

在《常态》的结尾，余氏说：“常有乐观的人士说，语言是活的，有如河流，不能阻其前进，所谓西化乃必然趋势。语言诚然是活的，但应该活得健康，不应带病延年。……西化的趋势当然也无可避免，但……应该截长补短，而非以短害长。”

“截长成短”以免“英雄气短”

“截长补短”也许可改为“截长成短”，因为翻译体中文的主要弊端，在于西化的句子，往往比非西化句子长。上面引述的西化句子，大都如此。简洁是美德。表达同一个意思，如果十一个字已经可以，就不应该用十四个字。我认为“心理学家用老鼠来做试验”比“心理学家在老鼠的身上进行试验”好，因为前者少用了三个字。我认为“老师苦口婆心，劝了他半天”比“老师苦口婆心地劝了他半天”好，也因为前者比后者短；截后者之一长，分为前者之二短，有利于阅读理解。专家做研究得到结论，若干杂志的编辑且定为准则：用短的句子，有利于一般的读者阅读。如《读者文摘》（*Reader's Digest*）编辑部就认为句子的长度，应在十五个字（英文）以内。普通来说，简洁就易懂。一般的写作，主要的目标是沟通、传达讯息，易懂与否乃成为最重要的考虑。恶性西化的长句，之所以可恶，在于它使读者不容易读懂。余光中在别的文章里声讨过冗长夹缠的西化句子；在我发黄的剪报中，有这么一段电讯中译：

> 以色列和埃及的谈判本年初因双方未能就一份要求以色列完全撤出一九六九年占领阿拉伯地区和对巴勒斯坦人自决问题的原则声明达成协议而中断。

这个复杂绵长的句子，真令人“英雄气短”，可说是一种繁缛句子（刘勰《文心雕龙》论文章风格其一是“繁缛”）。王力在其《中国现代语法》一书中释欧化语法，旨在描述，不加褒贬；然而，有时他也难免表示一下意见：“有时候，若要运用现代的思想，使文章合于逻辑，确有写长句子的必要；但是，勉强把句子拉长仍该视为一种毛病，所以句子的欧化应该是不得不然的，而不应该是勉强模仿的。” 其实，夹缠累赘、长而无当的英文句子，西方的学者、作家如奥威尔（George Orwell）、罗素（Bertrand Russell）、巴尔赞（Jacques Berzum）、斯特伦克（William Strunk）、西蒙（John Simon）等，也都先后口诛笔伐过；英文写作的 ABC（accuracy，brevity，clarity）中，简洁原来就是基本的元素。

“简洁”：判别西化中文善恶的一个标准

以简洁为原则，那么我们对于一些西化句式就应该接受甚至欢迎了。王力指出，“尽可能”是欧化词组，我们现在说“你尽可能地早去”，如非欧化，就要说成：“你能去多么早，就去多么早。” 欧化句式显然简洁得多。余光中在论徐志摩的诗《偶然》时说，诗中“你有你的，我有我的，方向”一句，“欧化得十分显明，却也颇为成功。……说来简洁……”。也因此，我认为《常态》一文不大接纳的“他被怀疑偷东西”一句，并无不妥，因为它比余氏认为较好的“他有偷东西的嫌疑”字数更少。（现在网友更是常常以谐谑的口吻说：某人“被”自杀、“被”辞职。）同理，林语堂和余光中都不喜爱的“人们” 一词也可以接受。“人们”与“人人”“大家”“大众”等词都是两个字，何况中国旧小说里本就有“爷们”“娘们”等词。“爷”有权加“们”，“娘”有权加“们”，“人”怎能没有人权呢？顺笔一提，余氏在论名词的复数时指出，“一位观众”这样不通而流行的说法，使人感到无可奈何。我们说“一位读者”，却少说“一位观者”。后者并不现成。我在这里要为“观者”请命：此词最迟在唐代已出现，杜甫的诗《观公孙大娘弟子舞剑器行》中就有“观者如山色沮丧”之句。

简洁是判别翻译体中文善恶的重要标准，但不必是唯一的标准。如果同一个意思，用西化句式表达时，字数稍为增加了，但句法灵活，为原来中文句式所无，且不构成理解的困难，那么，这样为中文语法增添姿彩的西化句式，是应受欢迎的。如此说来，“最……之一”的句式可以接受。“他是当代最伟大的思想家之一”和“他是当代极伟大的思想家”，二者意思差不多，我们应兼容二者。余光中反对写作者千篇一律只会用某个字，或某个句式。他说，我们不应只会用“被”字，从“受难”到“遇害”，从“挨打”到“遭殃”，从“经人指点”到“为世所重”，可用的字还有许多，不必套一个公式。余氏所说很对。我们时而用“极”，时而用“最……之一”，这样才不致句式单调、千句一律。我认为“最……之一”还有别的好处：在某种场合讲话时，我们先说某某是“最伟大的”什么家，句子似了未了，引起听众的兴趣、好奇、赞同、反对，然后来个反高潮式的“之一”，很有悬宕的效果。

文学创作可免“规范”

以上所论，着眼点主要是一般写作。刚才说到不单调、有悬宕，那已到较高的修辞层次了。余光中在《常态》结尾说：“本文强调中文的生态，原为一般写作说法，无意规范文学的创作。前卫作家大可放心去追逐缪思，不用碍手碍脚，作语法之奴。”事实上，在余光中的散文创作中，就有很多西化的长句，如：

（1）因为雨是最最原始的敲打乐从记忆彼端敲起。瓦是最最低沉的乐器灰蒙蒙的温柔覆盖着听雨的人，瓦是音乐的雨伞撑起。（《听听那冷雨》）

（2）对着珠江口这一盘盘的青山，一湾湾的碧海，对着这一片南天的福地，我当风默许：无论我曾在何处，会在何处，这片心永远萦回在此地，在此刻踏着的这块土上，爱新觉罗不要了，伊莉萨白保不了的这一块土上，正如它永远向东，萦回着一座岛屿，向北，萦回着一片无穷的大地。（《飞鹅山顶》）

第一句的西化，在于它具有从属子句（subordinate clause）。本来可以多用逗点分开，显然为了渲染连绵的气氛而少用了。第二句很长，可能是中国散文创作中最长的句子——至少是最长句子之一。古文少长句。王力说明古代语法时，引过韩愈《争臣论》的句子：

官以谏为名，诚宜有以奉其职，使四方后代知朝廷有直言骨鲠之臣，天子有不僭赏从谏如流之美，庶岩穴之士闻而慕之，束带结发，愿进于阙下而伸其辞说，致吾君于尧舜，熙鸿号于无穷也。

韩句相当复杂，字数也多，而余句更复杂，字数更多。余句的骨干是“我……默许……”，在此之前是词组，之后是子句和词组，读来好像是一个英文长句的翻译。这个中文句子可以翻译如下：

Facing the green hills and blue seas at the mouth of the Pearl River, facing this blessed land of the South, I thus promise silently in the wind: no matter where I have been and where I shall be, my heart will forever hover on this place, a land whereon I now set my feet, a land which Aisin Gioro did not want and Elizabeth is unable to keep — as it forever hovers eastward on an island and northward on a piece of endless earth.

这个十分复杂的句子，语法缜密，层次井然，长而不乱，西而化之，有中国的内容、英文的句式，诚然中西交汇，彰显了余氏当时所踏着的土地——香港——的特色。在修辞手法上，此句之长暗示了作者情思的深远绵长，可说是形式与内容配合。现代中文吸收西方种种词汇，从赛因斯（science）、模特儿（model）到现在的“互联网”，没有西化就没有现代中文。我们也用了西化的句法，有时亦步亦趋，用了“直译”式文体，中文的生态因此受到破坏，中文好像是“借来”的语言一样。我们自当谨慎。如果能够采中西的精华，去冗赘，保简洁，联珠合璧，则现代化（或者说全球化 globalization）之后的中文，一定灵活多姿、生意盎然了。我们以和为贵，当中文遇见英文，应弃其恶者，欢愉地使二者交汇交融。

中文遇见英文：希望是交欢、交融的喜相逢

梁启超自谓其文章“时杂以俚语、韵语及外国语法，纵笔

所至不检束，学者竞效之，号新民体”；余光中则曾言其创作“白以为常，文以应变，俚以见真，西以求新”。一粤人、一闽人，好像在前呼后应。余氏极言中文之美，说她是“仓颉所造、许慎所解、李白所舒放、杜甫所旋紧、义山所织锦、雪芹所刺绣的”；可见中文在用词造句方面，可交织交融，弹性很大。这里用“她”来指称中文，已是用词的西化了。

当中文遇见英文，不论在哪一地，希望都是交欢、交融的喜相逢。

写于 1997 年 1 月；2014 年春增订

诗的“雅礼”与“耶鲁”

新诗沉沦、旧诗复兴说

最近读到《旧体诗“咸鱼翻生”？》一文（作者为朱子庆，刊于2015年12月13日的广州《羊城晚报》），该文列举资料，说明旧体诗有复兴的迹象。为什么复兴？朱氏说原因之一是“新诗表现令人失望”。

唉，很多新诗真的令人失望。一百年前胡适提倡新诗，这百年老店货色参差不齐：佳作固然琳琅，却因为赝品劣货混杂，坏了名声。

台湾的新诗评奖很多，得奖作品常有因为晦涩难懂而被人投诉的。有时连评判阅卷时也受不了，愤然抨击，甚至罢当评判。我亲眼读过两位著名资深诗人YGZ和XM对参赛“诗”篇的评语，下面原文照引：“意象跳得太快，甚至互相排斥”；“太晦涩”；“太杂太繁”；“读了三遍，仍不明所以”；“取象怪异，如入洪荒，乱象毕露”；“非常异类，难寻脉络”。我当时也是评判之一，意见无异。YGZ先生年前在台湾一个文学研讨会上，更针对新诗说了重话：“什么大报设的现代诗奖，我不再做评判了。现代诗沉沦了，我不再读现代诗，宁可读古老的《诗经》《楚辞》！”

北京大学一位教授评论某享盛名的诗人，说其诗中“组合这些语词的逻辑链条只能是一种超现实主义的非逻辑的联想轴”，他“在淡化自己的政治身份的同时，追求的是‘诗更往里走，更想探讨自己内心历程，更复杂，更难懂’”。

我与众多同行的读新诗经验如此，怎能昧着文学良心说，这样的新诗不令人失望？

诗的“多妻主义者”

新诗沉沦，旧诗复兴；环视文学界，的确有这样的风水轮流转迹象。然则一百年前胡适提倡的新诗，要走入博物馆，而原来博物馆里的旧诗，要成为时尚？

我一向的观点是：好的诗，不论新旧，都有章法，都应该大体明朗而相当耐读。新诗与旧诗（旧体诗词），各有其强项与弱点；对于旧诗和新诗，我们应该有持平的态度。以律诗和绝句为代表的旧诗，句式整齐、声韵铿锵、便于记诵，这是它形式上的优点。新诗在便于记诵方面，甚逊于旧诗；但它长短开阖皆宜，很有弹性。今天写新诗，固然由于古典诗杰作太多、成就太辉煌，今人难以超越；也由于新诗形式较为自由，可以相体裁衣，使形式和内容作最佳的配合。

旧诗讲究诗藻，有一套常用的词汇，很多今人写的旧诗不欢迎俚俗字眼、排斥当代话语，因此读起来古雅而欠时代感。新诗则容纳古今词汇，读起来较亲切而富时代色彩。但旧诗仍有价值，可唱酬，娱人娱己，可反映与批判时代社会；另一方面，我们要警惕那些写法杂乱、内容晦涩的所谓新诗。

新诗和旧诗的优劣如此，诗人和读者，乃可各就其兴趣，选择新旧而写之、而读之；当然，诗人和读者也可既拥新也抱旧，成为诗歌的“多妻主义者”（一位著名诗人曾自称为“艺术的多妻主义者”）。新旧两体何妨作公平民主的竞争？

“雅”与“礼”

旧体诗词句式整齐、声韵铿锵、词汇典雅，确有其吸引力。“雅”之外，旧体诗词以及对联，我认为还有“礼”的作用。遇上喜庆典礼、装饰名胜古迹，典雅的诗词对联就会老而弥坚地廉颇起来，使之显得隆重、高贵。

一年前以 98 岁高龄仙逝的曾敏之先生，生前就又雅又礼地写过很多诗词对联。1997 年香港回归，十年志庆，曾老贺 2007 年香港作家联会国庆餐会，就写了下面这一首：“珠还十载举琼杯。更喜神州四化飞。民本在怀歌善政，和谐前景立崔巍。家国事，胜金徽。书生挥笔有依归。碧云海浪抒同慨，共取台澎汉帜回。”这一年又有《文综》杂志创刊，他写词与作家共勉：“看华文，正遍播西东……众望作家椽笔，促和谐主客，桥谊沟通。立缥缃瑴馆，教化铸春融。更宣仁，全球赞许，倡和平，称誉盖寰中。继传统，优良典籍，世纪恢弘。”曾老服膺孔子、刘勰以来的“诗教”说，乃有“书生挥笔有依归”“继传统”“宣仁”的主张。

竹枝词体雅词俗

很多今人写旧体诗，讲究典雅的辞藻，不欢迎俚语俗语。但有例外，如唐代开始的竹枝词。它体裁近似七言绝句，写某地方的风土人情，往往俚俗风趣，是一种轻型诗，类似英文所谓的 light verse。程中山新近编选的《香港竹枝词初编》，所收就是这类作品。

曾经把 Coca Cola 翻译成“可口可乐”的蒋彝，20 世纪 70 年代从美国到香港任香港中文大学新亚书院的客座教授，在此地写了多首风土俚俗的轻型诗。其一云：“维多利亚山顶来，晓日初升薄雾开。华橹洋船浮海面，山腰处处起楼台。”另一云：“港九中流上渡船，华腔英语共分传。粤姬斜倚吴郎臂，北妇频搔南仔拳。”诗中“华橹洋船”“华腔英语”是后殖民主义论者所说的混杂（hybridity）；“粤姬斜倚吴郎臂，北妇频搔南仔拳”是华夏之内的另一种混杂，涉及男女风情。目前的香港，内地与香港的粤姬吴郎更是混光杂色。

又一云：“鸭巴甸中太白舫，碧黄棕黑共称觞。腰包要有洋钞票，活鲤迎风仔细尝。”鸭巴甸（Aberdeen）为音译词，即香港仔；太白为海鲜舫之名，显然来自嗜酒的大诗人李太白。这里地名属英国，酒楼名字属中国，是一混杂；“碧黄棕黑”是不同人类种族的四种肤色，乃更甚的混杂。真是四海之内，四色大同共饮，“共称觞”。此诗“洋钞”之后有“活鲤”，鲤鱼是中国人喜欢之鱼，这里还是一种华洋相容。如今香港的内地游客极多，则洋钞之外，应加上人民币或者俗称的“人仔”了。

百年前论者主张用旧形式加上新词汇来写诗，其实有千年历史的竹枝词，本就如此。一千五百年前刘勰在《文心雕龙》中说：“斟酌乎质文之间，而檃括乎雅俗之际，可与言通变矣。”竹枝词即“通”而能“变”，雅俗兼之。

约写于 2016 年春

不亲现代诗

余光中的散文《当我到六十四岁》提到两首诗，一为《露西在天上戴钻石》，一为《挪威森林》。二者其实是披头四（也译作披头士）两首流行曲的歌词。《露西》第四句有“一个女孩子光彩多变的眼色”之语；余氏指出露西英文为Lucy，而“Lucy源出拉丁文lux，意为光彩，……此诗第四行说女孩眼闪七色，恐亦含此意”。他又说这首歌“迷情”“梦幻”，其原名Lucy in the Sky with Diamonds三个实字的字头LSD即迷幻药（即麦角酸二乙基酰胺，一种强烈致幻剂）。歌词作者有意拼合乎，只是巧合乎，引人猜疑。

至于《挪威森林》一首，有歌词曰：“我有过一个女孩/或者应该说/她曾经有过我。”余氏谓此曲“扑朔迷离”，“诗句隐晦难懂”，原来作曲者蓝能当时要写的是自己的一段婚外情。余氏又谓把歌名Norwegian Wood译为《挪威森林》是错误的，应作《挪威木料》方合。余光中在这里训诂字义、解说背景，显现传统诗学教授的本色。

更值得我们注意的是，他称述上面两首歌的歌词时，用了“诗”和“诗句”的字眼。是流行曲而已，其歌词可称为诗？余氏白纸黑字称之为诗。《当我到六十四岁》一文的题目，就是披头四一首歌的名字。余氏把此曲的歌词全译出来，冠于文首，并称赞此歌，说它“紧贴吾心”。凡此种种肯定，固然基于余氏的慧眼和宽胸，笔者认为也因为余氏对披头四的喜爱。余氏自言“后知后觉”，到 1969 年他 41 岁“才迷上披头四”。那一年，他在美国山城丹佛当客座教授，“苦涩的岑寂之中，最能够消愁解忧的……是民歌与摇滚，尤其是披头四的歌”。

当时诗龄 20 年、在台湾现代诗坛地位举足轻重、常为现代诗辩护的余光中，认为“最能够消愁解忧的寄托，不是文学，是音乐”，且“对现代文学尤其是现代诗愈感不亲”。对缪思，他要叛逆、要变节了？ 1969 年后至今逾半个世纪，事实是他没有背叛缪思，而是仍然忠于她、拥抱她。当年余光中寄托、沉醉于披头四等民谣与摇滚，一大原因是对现代诗——最少是相当一部分的现代诗——失望。在余氏的《夏济安的背影》一文中有这样的诗话：“济安对新诗的不满与期许，说得十分中肯，他强调新诗最弱的地方在于音调，结果是既不宜诵读，更不易背诵，比起古典诗来，感染力差得多了。”

在余氏看来，现代诗弱于音调，还败于晦涩难懂。笔者观察余光中，认为 60 年来他对现代诗的情怀，可用爱恨交织来形容：他爱写现代诗，迄今已逾千首，认为古典诗虽然美善，现代诗才有现代气息，才能让诗人推陈出新；然而，他对很多现代诗的弊端也看得清楚，常有恨意，恨“现代诗”不成诗。去年秋天在高雄中山大学的一个研讨会上，年逾八旬的诗翁借题发挥，说了重话：“什么大报设的现代诗奖，我不再做评判了。现代诗沉沦了，我不再读现代诗，宁可读古老的《诗经》《楚辞》！”这番重话是名副其实的诗“话”，笔者这里才做了文字记录。

写于 2011 年 2 月

东诗效颦西诗

怎样才能亲芳泽?

爱情故事大家都爱讲爱听。梁山伯祝英台、许仙白素贞、罗密欧朱丽叶等经典轰轰烈烈，凡人的爱情可能要平淡许多。话说有一个害羞的男子爱恋某窈窕淑女，却不知道怎样才能亲近芳泽，以下是他的内心独白：

我真羡慕她屋梁上的泥土啊，隔了一条河，却有幸被衔到屋梁上，接近佳人了。隔壁院子里的泉水，那就更走运，被挑来到她的杯子里，这不已经靠近樱桃小嘴了吗？更有福气的是那海外舶来的饰物，简直就贴靠着淑女的心胸。泥土、泉水、饰物，距离不论多远，越来越更为接近那可人儿；我呢，真要想办法，要研究它们交通的历史。唉，我只有渴望，只有艳羡；昨夜辗转难眠，轻声叹息。今天遇到她时，她向我微笑，梨涡像两朵花。我该送一束鲜花给她吧，但会收到什么呢，或者根本不会有回应。一切都渺茫虚幻，是镜花是水月？偶然的相遇，她的一颦一笑，我的小小作为，几乎日日如是的，都值得记下来，让将来好好回味。

追求爱情，郁达夫和徐志摩直截了当，用行动表达，或把激情转化为浓郁的诗文。卞之琳则与他们不同，他把以上的爱情故事写成含蓄淡静的诗，就是这首《无题》（第四首）：

隔江泥衔到你梁上，
隔院泉挑到你杯里，
海外的奢侈品舶来你胸前，
我想要研究交通史。

昨夜付一片轻喟，
今朝收两朵微笑，
付一枝镜花，收一轮水月……
我为你记下流水账。

论新诗：妾身未明，面目模糊

1918年胡适等人在《新青年》发表了中国文学史上的第一批新诗，翌年胡适发表《谈新诗》一文，有为新诗壮声势、定地位的用意。百年来，新诗的名篇佳作琳琅，上述卞之琳的诗就非常出色。然而，百年来许多论者认为新诗的句子参差、不讲平仄、不押韵，因此不是诗；许多人说新诗读来读去读不懂，因此不读新诗。换言之，新诗是不是诗，“妾身未明”；新诗让人读不懂，“面目模糊”。

我个人一向批判地接受新诗、鉴赏新诗。说她“妾身未明”吗？既然是“新”诗，自然和传统的旧体诗词有分别：她不讲平仄押韵，或不怎么讲平仄押韵；她句子参差，但不会过度参差；

然而，她和传统的旧体诗词一样，有诗之为诗的情意和艺术。你还是不接受她吗？把她当作精炼的散文来阅读来欣赏就好了。你看，卞之琳的这首《无题》（第四首）形象性多强、语句多精炼、层次多分明、诗意多含蓄；一读二读，有需要的话再加上文首的演绎，理解了，你就会觉得很有意味、很精彩，对不对？

至于说她“面目模糊”，这可是个大问题。写新诗、评新诗的流沙河11月23日辞世，这里不妨来回顾一下他怎样评论“读不懂”的新诗。20世纪80年代，流沙河读了台湾《当代十大诗人选集》的其中三家后，继续阅读，却成了“苦读”：“天哟，全是现代派！现代派中还有一两家所谓的超现实主义派，竟比‘现代’还要‘现代’，真是要命！那一行行短短长长的句子如战壕之密布，处处有文字的明碉暗堡，结构马其诺防线，叫我攻不进去，疑心自己低能。”换言之，他读不懂。他进而批判道：“密斯脱×××诗作意思晦涩，形象零乱……××的诗，又傲又冷，孤绝之至，我不喜爱。”

文字如乱麻，言称艾略特

我在香港比流沙河更早叫过苦，更早批判过：“台湾六十年代的新诗现代化运动，制造了大量艰深晦涩的文字，使读者对新诗失去信心。这个运动破坏多于建设……”我这样“攻击”新诗，引起一些人的“反击”，细节暂且不说了。

在台湾诗坛，后来在内地由“朦胧诗”开始的另一个诗坛，读者阅读时“疑心自己低能”的分行书写，不绝如缕；方块字连绵纠缠如乱麻，一众诗人纷纷以“横的移植”的现代主义者自命。流沙河自认落伍，曾这样嘲讽：“二三新秀诗友谈锋至锐，言必称艾略特（T.S. Eliot），诗必引现代派，又爱用我从未听过的新名词……使我惶恐，暗自惊心……更有一二老秀诗兄，披纷其鬓发，喇叭其裤脚，慷慨激昂……”慷慨激昂说些什么？要引进舶来诗品，以促进国人“转变诗风”云云。流沙河“黯然伤神，自认落伍”。

现代主义文艺起源于欧美，这些诗人“披纷其鬓发，喇叭其裤脚”，是向西方取经的“后学”。他们沾染了西方的朦胧晦涩以至悲观虚无（流沙河说的“傲冷孤绝”），严重者，当年一听西方那位现代诗宗艾略特“打喷嚏”，东方的虔诚信徒马上先行服用“感冒药”。

东诗效颦，缺文化自信

百年来中国一直在现代化，而现代化大体上就是西化。现代化应该有分寸，上面所说那些现象，是过度西化了；醉心西化、过度西化的人，乃由于对中国的文化没有信心，至少是信心不足。我国传统的诗歌，有没有三读四读不得其解的？我认为没有。读杜甫、李商隐的某些诗如《秋兴八首》《无题》，只要肯花时间细读，兼读相关注解，就能得其旨趣意味，就能欣赏其诗艺之美。读现代诗人的多数书写，我们——最少我个人——就没有这样的运气、收获和享受。

过度西化的东方人，对自己的文化缺少信心。西方现代主义文艺的倡导者，除了大谈文学应反映现代人的困难复杂、苦闷处境之外，有对自己专业缺少信心的因素。19 世纪以来，科学称霸天下，人文学者对“相对论”等深奥理论钻研不入，乃敬而畏之。反过来说，自己的业务，如写诗写小说，好些科学家也优为之，而且受到好评；诗人、小说家岂不是很不专业很不精深吗？于是，自卑感来了，跟着以自大感来示强专业、来对抗自卑，所以把诗和小说也写得深奥难懂，要等高级的学者来钻研。西方诗人对自己的业务失去自信，乃有现代主义深奥难懂的诗；东方的诗人对自己的文化失去自信，乃东诗效颦西诗，而有现代主义深奥难懂的诗。

王蒙在《中国玄机》一书中对比新诗和传统诗，对新诗有所贬抑，指出新诗的五个“没有”，其二是：“没有（传统诗）那样深入人心，也没有（传统诗）那样成熟的程序和格局。”他对新诗有显著的微词，其原因和我上面所述的“妾身未明”和“面目模糊”不尽相同，但颇有契合之处。百年来抗拒乃至讨厌新诗的人有很多，“面目模糊”以至“面目可憎”的现代主义分行书写尤其不受欢迎。

为百年新诗算账

理解诗歌艺术、用心阅读新诗的人，会发觉百年来明朗而可读、耐读的佳作不胜枚举，卞之琳、余光中等多有其知音。上面引述过的流沙河，其《锯的哲学》《故园九咏》等也是佳例。有人说我“下笔不离余光中”，对这位大诗人的名篇杰作，此处恕不举例论述了。古代的李商隐诗才卓越，其《无题》可读可解可赏；现代的卞之琳诗才卓越，而且有专业自信和中华文化自信，其《无题》也可读可解可赏。文首讲的爱情故事，正好说明卞之琳此诗精美含蓄，可解可赏。

东诗效颦西诗后“面目模糊”甚至“面目可憎”的东西，困惑了、吓跑了读者，而且损坏新诗的名誉；一百年了，我们是否应该为新诗的得与失好好算个账？

写于 2019 年 12 月

当代中华学术的过度西化

从哈佛和留美热说起

百年来，中国的学术文化深受西方影响，西化成风，欧美的种种潮流汹涌至中华大地；晚近30年来，仍然如此，影响甚至更深更大。年前笔者在北京参加一个比较文学的学术会议，主办者发给所有与会者一本书作为礼物，人手一册，书名为《阅读哈佛》。赠送一本与哈佛相关，而不是与北大、清华、复旦、台大、港大或东大（东京大学）、新大（新加坡大学）相关的书，因为美国的哈佛大学，以及其代表的学术文化，已成为至尊。主办者若非刻意尊崇哈佛，就是在潜意识中有此概念，才会赠送此书。在京期间，读到《北京晚报》《科教新闻》版的头条，标题是《金融危机难阻“留美热”》，其副标题则为《美国高校说明会昨晚举行20分钟涌入2000人》。数十年来西方诸国之首的美国及其学术文化，为中国人所向往、孺慕，这是又一证明。

西方自19世纪以来，政治、经济、社会、学术文化等多方面，基本上都领先于东方各国。中国自19世纪中叶后外患内乱不断，社会凋敝、国力衰弱，有识之士倡言现代化，向西方学习，吸取所长，乃是国强民富的必由之路。西方好的，我们都要“拿来”，像鲁迅说的一样。问题是在拿来的过程中，在西化的过程中，西方的善恶利弊并见，要择善而从，往往并不容易。百年来中国人文社会科学的发展，离不开“西化”“现代化”（近期则有“全球化”之说），其中的利弊善恶，其过与不及，是个博大的论题。本文论述的重点是西化过程中偏颇、过度的现象，而论述范围只限于教育和文学两方面的若干问题，且是举隅式的，不求全面和周延。

过度西化的三个症候——
其一：后学前进，只取西经

一位姓陈的华人教育理论学者，年前发表文章，题为《从近代教育理论看高校的全人教育》，他写道：“教育理念，是属于全人类的文明遗产。在历史长河里，捷克的柯米尼亚斯、法国的鲁索、瑞士的裴斯太洛西、德国的佛勒贝尔、意大利的蒙台梳利、美国的杜威都在教育理论上跟全人类分享了他们深邃的智慧，也启迪了后世各种教育工作的实践。”这位学者是某学院的特聘顾问，他介绍诸西贤的学说，希望“能给现今大学教育的具体问题索求去向”。这位华人后学，取的全是西方贤达的经；中土的孔子以至蔡元培，全不与焉。

上述陈氏的文章中，还提到“近二十年影响极大、由嘉德拿（H. Gardner）倡导的‘多元智能’教育理念”；而哈佛大学嘉德拿（或译为高德纳）教授的学说，正是香港一位中学校长

张先生拿来嘉许、奉行的立德之言。数年前，这位张校长隆重邀请先进的嘉教授到学校传道授业，宣讲其多元智能（multiple intelligences）——视觉／空间，音乐，语言，逻辑／数学，人际，自身（自省），身体／运动——理论，以为教育的南针。陈氏这位孺慕西方权威的东方后学，在其阐述嘉氏学说的文章中，同样只字不涉及任何中土的教育理论。

台湾十多年前推行的教育改革，其主要策略如以“能力导向”（包括用“建构式数学”法教导学生）取代“知识导向”，如注重学校本位课程的设计（包括所谓“一纲多本”的教材编写），都是东方后学师法先进，向西方取得的经。台湾学者黄光国对这场教育改革批评道：“作为美国‘学术殖民地’的台湾……有一批教改学者，不分青红皂白地把美国‘最新’流行的学术思想引入台湾。”

在文学研究方面，自从后现代主义、后殖民主义理论在西方盛行后，东方的后学更是名副其实的“后学”了。后现代主义、后殖民主义加上其前后出现的女性主义、文化研究、离散理论等等，西方的文学理论之潮，泛滥于中土，甚至淹没了中土。向西方取经的东方后学，例如一位批评家，在其《真实在折磨着我们》《通往小说的途中》等文章中，引的尽是西方的理论。2003 年 12 月，香港大学举办“白先勇与二十世纪国际华文文学研讨会”。一位与会学者对该研讨会的论文，有下面的批评：“论文的焦点大都集中在现代主义、父权、流亡、后殖民、族群、省籍、女性主义等时髦议题上，西方文学理论是主体，而文本倒成了客体。”

如果说只引西经是一个偏颇，那么以理论为主体、文本为客体为脚注是另一个偏颇了。这一点且按下不表。代迅年前说："援引西方观点来阐述中国现象，已经无可争辩地成为当今中国学术研究中的主导倾向。"事实正如此。各种西方文论大行其道，中土盛行的西经包括"女儿经"：统领风骚最长久的当代文论之一，是女性主义。陈惠芬、马元曦《当代中国女性文学文化批评文选》一书的"推荐阅读书目"，列出了45本相关专著。《海南师范大学学报》的一个主要栏目是"女性文学"，其2007年第2期的《西方女性主义理论在中国的传播和影响》一文，附录了两份书目。其一是20世纪80年代初以来国人译介女性主义理论的书籍，一共有44本；其二是国内女性主义理论主要研究著作，一共有——数目之大使人惊讶——196本。

其二：有理无理，西经是尚

台湾新锐的教育学者，向西方取经，取得"建构式"等理论，并向教育当局献议，西经获得接纳，成为政策，乃于20世纪90年代在中小学校推出新的教育措施，包括"建构式数学""一纲多本"（教科书编写指引）等，结果弊端丛生。建构式数学以台湾"两百余万学生当白老鼠，实验六年之后，才匆忙叫停"。由西方理论主导的台湾教育改革，实施期间，社会各界反对者众；2007年在李敖的抨击和要求下，主持教改的诺贝尔化学奖得主李远哲，终于向民众道歉，承认有诸多失败之处。这正应了黄光国说的"不分青红皂白地把美国'最新'流行的学术思想引入，没有审慎评估，就……全面推行”。

香港的教育改革晚于台湾数年。受西方新颖教育理论影响的年轻学者，其主张获得主持教育政策者接纳，于是制订了“学会学习”“学生为本”等指导性教学原则，以及“一纲多本”等教材编写政策。笔者在2000年代初期参与过出版社中学语文教科书编辑的业务，亲见在西经的主导下，若干语文教科书编得支离破碎。当时香港的教育部门，在西经的影响下，鼓励香港数百所中学的教师，弃现成出版社专业编辑的教科书而不用，自行着手为所教的学生编写教材。专业出版社编写的教科书，困囿于西经，已多缺陷，由教师业余来编写，操作方式颇类似于“土法炼钢”，其粗糙简陋可想而知。唯西经是尚，而西经新却未必有当，这是又一例证。

在文学研究方面，中华后学不问西经合理与否、唯西经是尚者，更举目可见。一般中华学者运用西方女性主义文论时，总是先引用父权夫权说、女性受压抑说，然后把这些说法套在某些文学作品上，以为证明。然而，台湾学者龚鹏程认为这样的女性主义文论有偏差。他的《文学理论和其他学科的关系》一文，通过大量古代文献，指出“女性主义理论的缺陷”。不少中华后学一心取西经，且要取最新的西经。年前笔者亲耳听闻一位北京的中年学者，在一个讲座上发表意见：“多年前我拿心理分析学说来研究中国现代文学；现在心理分析已经过时了，目前流行的是‘文化研究’（cultural studies），我已加入了这个新行列。”他追逐的是一波又一波的西方新潮，至于潮流的水质如何，弄潮儿会否被浪潮冲走以至遭灭顶之灾，他并不加以慎思、明辨。

现代（modern）一词，欧洲四百多年前已出现，这两个字在汉语里也有百年历史了。到了今天，“现代”一词及其概念已不现代。“摩登”（modern 的音译）已不摩登：卓别林的黑白片《摩登时代》已经褪色，摩登这位魔女已经白发。一位发已花白的中华学者，身居学术界高位，他演讲时、著述时，却仍然不离摩登。不过，摩登还不够，因为西方的詹明信（Frederic Jameson）、利奥塔（Jean-François Lyotard）等大师已后摩登，我们的中华学者也必须后摩登。“搞笑”的是，这位中华学者和搞笑明星周星驰对谈，大谈周氏电影的后现代主义，而周氏一脸茫然，表示不明白何谓后现代主义，不明白他的电影与后现代主义何干。

这位中华后学醉心于杰姆逊的后现代主义理论，对西方权威的学说照单全收，其思维近乎全盘西化。杰姆逊说当代人看电影已经不重视情节了，“因为一切情节只不过是为打斗和科技镜头作铺垫而已，人们只注目于所谓镜头的精华”。这位中华后学对此说深信不疑，并加上脚注，说：不是吗，在北京，“许多人花费七八美元去看一场名不见经传的电影，就是为了能一睹随片附送的《星球大战》的预告片”。笔者去过北京多次，耳闻目睹所得，北京人似乎没有这样多的打斗迷、特技迷，更没有豪气到这样一掷七八块美金。近年的电影《色·戒》《海角七号》和电视剧《金婚》都叫座，早几年韩国的电视剧《大长今》更风靡全国各地；它们都没有什么打斗和特技，而且以非常“古典”的亚里士多德所强调的故事情节取胜。然则，我们是“前现代”

社会的人了。台湾学者杜维运认为后现代主义是学术思潮的一股逆流，予以批判。然而，有这种辨识能力、批判精神的中华学者，毕竟是极少数。

其三：西经难念，仍爱西经

年前去世的另一位后现代（或曰“解构”）大师德里达（Jacques Derrida），也是众多中华后学孺慕、学习的对象。北京一位资深诗人兼教授郑女士，对德里达推崇备至，说读了他的《书写与歧异》一书，为她“打开一扇全新的思维之门”。令人感到奇异的是，这位诗人学者却认为“德里达文风古怪，从来不用古典学院的简明清晰的语言写作”。既然如此，这位郑女士读懂了德里达的书写吗？也许诗人有特殊的领悟力，把学术论文当作朦胧诗篇。

德里达因其艰涩得人青睐，库恩（Thomas Kuhn）、拉康（Jacques Lacan）亦然。理论挂帅的文学系研究生，撰写论文时，无理论不欢，且不宽——不能宽心，因为害怕不征引、套用某些艰难的理论，其论文就过不了关。“难”才能过“关”，这真是亘古少闻的“难关”。库恩的“范式说”（paradigm）不管懂不懂、好懂不好懂，用了再说。不用库恩，就不够“酷”（cool）了，哪管其理论“残酷”寡恩？这残酷害得苏州的一位散文研究专家在一个研讨会上公开诉苦：“我搞散文研究搞了数十年，现在不知道如何是好，不知道用什么理论、用什么标准。我靠由我指导的研究生来告诉我，要看哪些理论。而这些理论，我都看不懂。研究生写的论文，我也看不懂。”拉康的“镜像说”，也是用了再说；不懂拉康，却不能就拉倒，理论大师是必须挺立的。还有，今有明训：我们读不懂的理论，才可能是伟大的理论！国内不少学者崇拜西方艰涩的理论大师，竟有人直言行文简明清晰的学术论文无足观，而主张“艰难处理”。

钱锺书批评过一些中华学者，说他们谈文论艺时，常常以“艰深文饰浅陋”（the elaboration of the obvious），并引以为戒。然而，钱言显然不合后学，喜欢艰深者，其艰难阅读、艰难写作如故。微积分、高级物理学、太空工程学等理工科，对一般人文社会学者来说，是艰深的学科；艰深的学问才是高级的学问，人文社会科学的学科地位要升级，就要艰深化。——顺着这样的逻辑，某些自卑心作祟的人文社会学者，乃对艰深崇拜起来。1991 年的 Sokal Hoax 事件，对艰深崇拜是一大讽刺。让我们回顾这一场恶作剧：纽约的索卡尔（Alan Sokal）——香港一位学者把他戏译为“骚哥”——教授制作了一篇长而艰难的学术论文，投给著名学报《社会文本》（*Social Text*），蒙其编委及匿名评审衮衮诸公“青睐”通过，予以发表。发表之日，“骚哥”预先写好的恶作剧式事件本末声明也公布了。原来其大作弄虚作假、胡说八道，一大堆的术语，一大串的征引，都不过是装腔作势、眩人耳目而已。美国的学术界为之骚动。这篇“论文”的七宝楼台，拆卸下来，不成片段，而且材料大都是赝品。

慎思明辨，回顾“中经”

中国自从改革开放以来，社会各方面都有长足的进步，但中国仍然是发展中的国家；西方先进国家值得国人学习的地方有很多，中国的各方面——包括学术文化——应该继续其西化、现代化或者说全球化。百年来在西化的过程中，国人早已讨论过全盘西化是否必需、是否可行；国人对盲目西化的反对，也已有共识。问题是：怎样才算是恰当的西化、中庸的西化？这恐怕很难有答案。因为西化之事不像石油的价格、股市的升跌那样有明确的数字作为根据。笔者在中西文化交汇的香港长大、受教育，感受到西方文化的种种美善；在美国读研究院，则如同向西方取经；然而，笔者目睹中华学术文化界诸般过度西化的现象，难免感到忧戚。笔者希望中华学者具有慎思明辨的态度，也就是西方知识分子强调的独立思考和批判精神，不要一窝蜂、一面倒地西化，不要唯西经是尚，不要为艰难高深而实际上可能讹浅的西经所惑。

笔者还建议中华学者向“钱”看，学习钱锺书的兼通、打通中西文化，在取西经之际，也取中经——回顾中国的经典，涵泳并取资于中华传统的文化。钱穆为香港新亚书院写的校歌说“东海西海南海北海有圣人”；钱锺书则说“东海西海，心理攸同”。笔者服膺二钱的东海西海说。就以上述嘉德拿的教育理论而言，他所提倡的，岂不就是孔子的因材施教说吗？他的多元智能理论，其内容与孔子“六艺”的分项分科何其相近：嘉氏的“人际”“自身／自省”相当于孔子的“礼”；嘉氏的“音乐”

正是孔子的"乐";嘉氏的"身体/运动"就是孔子的"射""御";嘉氏的"视觉/空间"和"语言"和孔子的"书"同类;嘉氏的"逻辑/数学"正是孔子的"数"。

再说伏迪契卡的文学史理论。他的说法基本上通达可信,然而,1500年前中国的刘勰在其《文心雕龙》《史传》篇和《时序》篇,不是已把编撰史书(包括文学史)的原则、文学发展的规律说得很清楚透彻了吗?不是已提供了一个文学史书写的原型了吗?钱锺书曾斥黑格尔无知而妄议中国语言文字。嘉德拿和伏迪契卡不尊孔,不宗中国的经,因为他们不知道。不知者不罪,而身为中华知识分子,只倡西方理论,不知先人的智慧,其视野何其狭窄、历史感何其阙如!

西经中经的汇通融合

唐三藏往西天取经,西经使中土的文化更为丰沃。唐代及以后的读书人,并没有得了佛教的西经后就忘了儒、道的中经。唐三藏取西经千余年后,千千万万的中华学者大量地、持续地取西方的各种经,丰富了中国文化。西经对国强民富有其贡献,但中华学者不应该忘记中经——中华的学术文化。因为西经与中经并观比照,更能显出西经或中经的特色和价值;因为西经与中经并观比照,进而汇通、融合,更能显示人类文化宏大的气象。

晚近30年来中华学术的西化现象,本文只做了举隅式的观察和评论,但愿本文对过度西化诸种现象——后学前进,只取西经；有理无理，西经是尚；西经难念，仍爱西经——的叙述和议论，虽“隅”而不“愚”，对国人有参考作用；并希望中华的人文社会科学学术界，在“博学、审问、慎思、明辨”而又中西并观比照后，有可贵的发现与发展，进而“笃行”之，以造福学术文化界，以至整个社会民生。

［补记］19世纪的鸦片战争，中国惨败，暴露了国弱民贫的窘境。自此众多知识分子认为中国文化、社会落后，所谓中西文化交流，主要乃是中国人向西方学习，乃是西方的文化流向中国，中国严重地入超，出现了文化赤字。20世纪伊始，中国的青年学子，大举留学西方。1911—1929年间，利用庚子赔款留美的中国学生就有1279人，此外还有略受资助的留美自费生475人。中国青年浩荡向西征，与此同时，西潮滚滚涌入中国。由基督教团体创办的圣约翰大学、东吴大学、岭南大学、金陵大学、燕京大学等先后在大江南北成立，课程等各种制度、思想的西化，不问可知。1896年由中国人自己兴办的北洋大学堂（其前身为中西学堂），从成立之日起，“完全仿照美国哈佛大学、耶鲁大学的课程编排、讲授内容，聘美国公理会牧师丁嘉立（Charles D.Tenney）博士出任总教习，负责管理学堂”。这真是鲁迅所说“拿来主义”的最佳例证（参阅沈福伟《中西文化交流史》第2版，上海人民出版社，2006年，第478、524页）。

写于2008年秋

瑞典马大爷和华文作家小蜜蜂

——论华文文学与诺贝尔文学奖

诺贝尔文学奖情结打了数十年

华文作家有一个诺贝尔文学奖情结，打了几十年，至今难解。一位专栏作家说，中国不少作家都据称有望得奖，与此奖闹过绯闻；又说“一位叫马悦然的瑞典大爷”一到中国来，“就被中国作家小蜜蜂似的围着”，成为巴结的对象。

王蒙自传第三部《九命七羊》告诉读者，他与诺贝尔文学奖颇有些接触。1994年马悦然致函王先生，请他提供中国作家名单以备诺奖之选，并邀他到瑞典演讲。后来马大爷接到一个消息，说“王蒙不想来”，他因此“大为失望、光火，并公开发表声明……”。其实马大爷接到的是个不确的消息。

1995年，王蒙在美国访问，美国笔会的秘书长告诉他，该年诺奖一定会颁发给北岛，问他对此有何看法。王蒙眼中这位女秘书长，仿佛是拿着诺奖红布的斗牛士，一味逗弄人。他在答问中有这样的一句：“为什么要佩服与拥戴北岛呢？”有拿着红布的女郎和他对话，这番问答，更可说是王蒙与诺奖的一则“绯闻”了。

对于诺贝尔文学奖，我们为什么要佩服与拥戴它呢？为什么要佩服与拥戴马大爷呢？但事实上有很多作家在佩服、尊敬、巴结马大爷。悦然先生马到之处，演讲、座谈、颁奖、受媒体采访，获隆重报道，被奉为上宾。

小蜜蜂拱围、恭维马大爷

台湾有一位杰出的散文家，在高行健获诺奖之后，发表意见，认为文学成就高于高氏的台湾作家多的是。她言外之意是评选者眼光有问题，但她也不得不敬重马大爷，而高度评价他的作品，让大爷高兴。2001年马悦然应邀在台湾某大报上写专栏，该散文家主编2001年台湾“年度散文选”，选入马氏作品，并把“年度散文奖”颁给马氏。台湾的出色散文家甚多，她偏偏要把“年度散文奖”颁给马氏。何况，同年有另一位非华人作家——韩国学者、诗人、散文家许世旭——的散文入选，他的《台湾老家：地牛翻滚之后》有台湾“在地”色彩，情辞俱胜，比马氏平淡的《报国寺》精彩。“年度散文奖”如颁予非华人，人选应当是许世旭。然而不然，是马悦然。这位杰出的散文家兼编者，在赞词中且把《报国寺》誉为一块玉，“放出淡淡幽光”。她有没有讨好马大爷之嫌呢？

香港有不少学院作家，其中一位L先生，作品颇多，自我感觉良好，运用其大学的行政资源，敬邀马大爷莅临演讲。L先生主持活动之余，兼任导游、陪同，四处观光，不离左右地极尽地主之谊。马大爷获得温暖、温馨的款待，L先生当然还奉赠著作，请马大爷赐正，以收“温卷”之效。

由作家变成的“小蜜蜂”有多少只，我不得而知。有一位感觉敏锐的作家，则确实常常绕在马大爷的身边，且其触觉和蜜蜂的刺针一样锐利。马悦然曾公开表示欣赏李锐的小说，这一品题，是荣登诺奖宝座的前奏曲。

诺奖“光辉”照人成文盲、学术盲

拿着红布的斗牛士真会逗弄人，马悦然真会令人马首是瞻，诺奖真令人尊敬。它代表了文学评价的最高权威。难怪一位陈先生在评论 2009 年 10 月王蒙的“中国文学处在它最好的时候”说法时，表示中国目前还没有什么文学的精品佳作，他劝勉——

> 作家们扎扎实实干上十年二十年，不去标榜“最好时候”，也不去争“著名作家”的头衔，认真写出一批称得上“著名作品”的精品佳作，真正的文学“最好时候”或许也就不远了，拿他一两个诺贝尔文学奖也不是什么难事。

从文章看来，陈先生似乎对当代文学有些认识。对当代文学不一定有认识的某些大学高级学术行政人员，对诺贝尔文学奖更是奉若神圣。有一位诗人 B 先生，十多年前盛传会获此奖，颁奖时穿的燕尾礼服都订做好了，结果名落希尼（诗人 Seamus Heaney，1995 年诺奖得主）。他看来让人觉得有继续问鼎的雄心，而且总是把“多次获提名为诺贝尔文学奖候选人”这样的字句写在履历表内。香港 C 大学的领导，闻说 B 先生仍有得奖的机会，认为奇货可居，于是把他礼聘为 C 大学的人文学科讲座教授。此举引起 C 大学某些讲座教授的哗然——只是小声而短暂的哗然。在香港及其他很多地区，讲座教授的地位在一般教授之上，是学术职位的最高级。B先生连学士学位都没有，没有当过任何大学的正规助理教授，没有发表过任何学术论文。而他居然尊荣地获聘为讲座教授。诺贝尔文学奖的光辉太炫眼，人人受影响、受刺激，变成文盲、学术盲了。

查看诺奖院士的履历，大吃一惊

瑞典学院有18位院士，包括马悦然；他们18位负责颁授文学奖。院士们予人的感觉，是颇有主见：偏爱反建制、持异议的作家，偏爱先锋派作家。被马先生欣赏过的北岛和高行健，虽然一个不幸一个幸运，却都具有上述的两个“美德”。准此而观，这个奖是个有偏见的奖。我们查看这十八位院士的履历，则会大吃一惊，因为这些最终决定诺贝尔文学奖得主的人，除了瑞典一国的文学外，不见得对世界其他各国文学有专业的见识和研究。这18位院士中，懂中文的只有马悦然。马公独挑大梁，华文作家是否有希望获得诺奖，基本上先得由他推荐。千万华文作家的诺奖情结，由他打，由他解。千万人的诺奖荣与辱，系于他一身。

对华文作家而言，马公任重道远。他博学卓识吗？是不是杰出的文学评论家，且天下为公地处事呢？且让笔者提出以下的观察报告。

马悦然在1924年出生，青年时代研究中国方言与古代典籍如《左传》，后来成为大学里的汉学教授，大约于20世纪70

年代他中年时期转而关注20世纪中国文学，1985年他61岁时成为瑞典学院院士，与其他17位院士一起负责评定诺贝尔文学奖得主。瑞典学院的18位院士中，选出5人成立文学奖委员会，5人组密切讨论世界各地获推荐的作家的文学表现，每年筛选到剩下数人，向整个瑞典学院举荐，学院决定最后得奖人。5人组任期3年，马悦然曾为5人组成员。

钱锺书讥讽汉学家和诺奖委员

马悦然这位汉学教授的中文能力如何？钱锺书在《谈中国诗》一文中引述了一个故事，与法国最高学术机构的汉学教授有关的：

> 让我从高谛爱（Gautier）的中篇小说（Fortunio）里举个例子来证明中文的难学。有一个风骚绝世的巴黎女郎在他爱人的口袋里偷到一封中国公主给他的情书，便马不停蹄地坐车拜访法兰西学院的汉学教授，请他翻译。那位学者把这张纸颠倒纵横地看，秃头顶上的汗珠像清晨圣彼得教堂圆顶上的露水，最后道歉说："中文共有八万个字，我到现在只认识四万字；这封信上的字恰在我没有认识的四万字里面的。小姐，你另请高明罢。"

笔者深信瑞典学院的马先生，与钱氏引述的法兰西学院汉学教授不同。瑞典制作的家具宜室宜家，瑞典马院士的中文可圈可点。钱锺书讽刺西方汉学家的中文修养，其利箭且直接射向诺贝尔文学奖。在钱氏20世纪40年代的小说《灵感》中，中国某位多产作家“对文学上的贡献由公认而被官认”：

他是国定的天才，他的代表作由政府聘专家组织委员会来翻译为世界语，能向诺贝尔文学奖金候选……不幸得很，世界语并不名副其实地通行于全世界。诺贝尔奖金的裁判人都是些陈腐得发霉的老古董，只认识英、法、德、意、俄等语言，还有希腊文和拉丁文，偏没有人懂世界语。他们把夹鼻老花眼镜，擦了又擦，总看不明白我们这位作家送来审查的杰作。好半天，有位对于“支那学”素有研究老头子恍然大悟道：“是了！是了！这并非用欧洲语言写的，我们搞错了！这是中国语文，他们所谓拉丁化的汉字，怪不得咱们不认识。”大家都透口长气，放了心。和“支那学”者连座的老头子问他道：“你总该认识中文的，它这上面讲些什么？”“支那学”者严肃地回答：“亲爱的大师，学问贵在专门。先父毕生专攻汉文的圈点，我四十年来研究汉文的音韵，你问的是汉文的意义，那不属于我的研究范围。至于汉文是否有意义，我在自己找到确切证据以前，也不敢武断。我这种态度，亲爱的大师，你当然理解。”主席的老头子瞧“支那学”者的脸色难看，忙说：“我想，我们不用考虑这些作品，因为它们根本不合规则。按照我们奖金条例，必须用欧洲语言中的一种写作，才能入选，这些东西既然是用中文写的，我们不必白费时间去讨论。”其余的老头子一致赞同，并且对“支那学”者治学态度的谨严，表示钦佩。“支那学”者马上谦逊说自己还比不上本届获得诺贝尔医学奖金的美国眼科专家，只研究左眼，不诊治右眼的病，那才算得一点儿不含糊。君子礼让的气氛中，诸老尽欢而散。只可怜我们这位作家的一腔希望！

马悦然评价文学：“不能提出什么客观标准”

这里花了大篇幅加以引述，因为钱氏的刀笔实在太有趣了。这漫画式的讽刺，当然有夸张有失实，瑞典学院那18位院士看了（看了瑞典文翻译，如果有的话）一定会抗议。马先生可以用中文在座谈会上发言，可以用中文写散文（有没有请母语为中文的人修饰，则不得而知），可以把数量可观的中文作品译成瑞典文，其中文水平一定高于上述钱锺书所说的汉学家。他的一般文学修养如何、中国文学的学识如何、文学批评的能力如何？下面根据两份文献来考察。一是1998年11月1日在台北《联合报》的《世纪访谈：文学有没有国界》的座谈会记录；座谈会由沈君山教授主持，马悦然教授和余光中教授对话，内容多涉及诺贝尔文学奖。记录于1999年1月1日至5日共五天在《联合报·副刊》连载刊出（以下简称《访谈》）。二是2008年11月29日马悦然教授在新加坡报业中心的公开讲座，香港《明报月刊》2009年1月号刊出其部分讲稿，大概是后半部，题为《诺贝尔文学奖与华文文学》（以下简称《诺奖》）。

作文难，论文更难。《文心雕龙·知音》篇论批评之难，自古而然。刘勰为此提出“情采”“通变”的“六观”说，树立了一套批评标准。沈君山是科学家，在《访谈》中多次询问诺贝尔文学奖的评选标准为何，马悦然回答说：“评价文学，据我看，不能提出什么客观的标准。”看来马氏的人颇率真，他接着自行“爆料”。话说他与朋友合编当代台湾诗选，有人问他选诗的标准何在，他答曰：“没有标准！你喜欢一首诗，就认为这首诗的作者是个好诗人，据我看来，完全就是一个taste。”对方不满意马氏的回答，马氏不得已说：“我要求的是一定的深度、一定的创造力、一定的想象力、一定的真实感，但是你千万不要问我深度、创造力、想象力和真实感是什么意思，我不能回答这些问题！”

这样的回答近乎没有回答，因为他对“深度”“创造力”“想象力”“真实感”这些关键词完全不能解释。如果悦然是文学系的研究生，他在课堂上这样的表现，一定会使教授愠然不悦，把他“当”（down）掉。马氏曾长期当大学教授，他到底怎样传道、授业、解惑？从事文学批评而没有标准，或者说不清凭的是什么标准，那么，其褒其贬，就是任意为之。这正是《文心雕龙·知音》说的“褒贬任声”。

马悦然的诺奖作家论欠“圆通”

作家须兼具感性和理性；批评家亦然，而理性尤为重要，他必须以理服人。马悦然的论说能力似乎不强，其言论常常欠精密、圆通。埃及作家马哈富兹（N. Mahfouz）曾获诺奖。《访谈》中马氏拿巴金的小说《寒夜》与马哈富兹的作品相提并论，认为十分出色。《诺奖》中马氏说巴金“是现代中国伟大作家之一”，其作品有外文翻译。马氏在1985年晋身瑞典学院，巴金在2005年辞世。20年中，马氏为什么眼巴巴看着巴金由老到殁，而不奋力为他争取诺奖这顶金光闪闪的冠冕？

《诺奖》中论及鲁迅没得过诺奖的原因时，马氏说：“第一，没有人推荐他。第二，鲁迅的文学作品是他去世后才翻成外文的。”诺奖被推荐者的名单在什么情况下公开，鲁迅作品的外文翻译情况如何，这里不探究，我们先假设第一第二两点都是事实。照马氏说法，我们可追问：钱锺书、余光中、王蒙等等作家，应该有人推荐吧，其作品有外文翻译啊，为什么又不见这些人获奖呢？

马氏在《诺奖》中论及钱锺书，说他的“纯文学作品不多，只有一部小说《围城》和一本短篇小说集《人·兽·鬼》”，暗示此为不获奖的理由。钱氏创作数量不多固为事实，但《围城》为长篇小说，其字数已超过鲁迅的《呐喊》与《彷徨》之和。上述同一篇讲词论及鲁迅与诺奖时，为什么却没有以“纯文学作品不多”作为理由？

《诺奖》论及王蒙时，说他“引用很多当代外国文学的技术和奇巧，像意识流和一种非常复杂的叙述结构”。论及曹禺时，说“曹禺的戏剧当然非常受观众欢迎，可是我觉得曹禺受到外来的影响太强”。马氏对王蒙语带贬义，对曹禺的贬义甚明显。二人受到外国文学很多影响，马氏认为这不好。然而，马氏大力推荐过的北岛和高行健，前者的语言跳跃支离，后者充满荒诞剧场、法国新小说的色彩，都深受西方所谓现代主义或后现代主义影响，都是西化的大巫，而曹、王只是小巫而已。

马悦然何以扬北、高而抑曹、王？因为偏于憎爱？因为具双重标准？还是单纯的前后矛盾、议论不够精密？《文心雕龙·论说》指出，论说文贵在“锋颖精密”，又说“义贵圆通”，马悦然显然达不到这个境界。

马悦然不够“圆照”“博观”

马氏的论说，不够“圆通”，他作为一个文学批评家，更不能“圆照”，不够“博观”。《文心雕龙·知音》说：“圆照之象，务先博观。”意思是先要广博地阅读作品，才能全面地观察和认识；也就是同一篇中所说的“操千曲而后晓声，观千剑而后识器”。马先生读过多少中华当代诗歌、小说、戏剧、散文？他在《诺奖》中承认“对台湾、香港和侨居在国外的作家的作品缺乏足够的认识”，他如果能坦率的话，应该承认自己不是个博观中国古今文学的人。

在《访谈》中，当说明某些文学观点时，他很少举出实例，遑论旁征博引。余光中在《访谈》中提到19世纪初德国文豪歌德提出“世界文学”这个著名的词语，马氏没有听闻过，颇惊讶地说：“哦？真的？”余光中议论中西古今文艺时侃侃滔滔，例证丰富，马悦然通常只做简短的回答。余光中好像是在讲课。马悦然说吴承恩如生于今天，凭其《西游记》一定可得诺奖。沈君山对此愿闻其详，马悦然完全说不出其所以然来，就像他说不出到底诺奖的评奖标准为何。马悦然翻译高行健的作品，且高度评价之，终于把高氏高高推上诺奖宝座。在《诺奖》中，马氏说高氏的两部长篇小说是“空前的杰作”。这个说法是高通胀式的评价。高氏采用20世纪法国等欧洲的现代主义技巧（或说伎俩）而已，东方效颦西方，其小说怎当得起“空前的杰作”的推崇？如果马氏能够多阅读、少偏见，高氏这顶高帽就要摘掉。

马悦然偏爱的作家：写贫穷，写乱伦

马先生读而悦然的是写中国人贫穷、愚昧以至乱伦的一类作品。中国电影如《红高粱》《大红灯笼高高挂》在西方获奖，部分原因即在于这些电影有类似的内容。在《访谈》中，马悦然高度评价曹乃谦的小说，因为“题材通常是关于山西最穷的地方的贫农，他的语言非常的粗，而且一些短篇涉及一般中国作家不敢谈的问题，比如说乱伦”。这类作品是马氏的偏爱。

马先生偏爱某类作品，对某些华文作家也偏爱有加。话说当年高行健（注意，是认为文学要“冷”、作家要淡泊名利的高行健）完成了长篇小说《灵山》后，便把手写（而非整齐打字出来）的文稿呈献给瑞典的马大爷，这其中已有高氏渴望推荐、热衷诺奖名利之意，而瑞典这位大爷竟然亲自动手把数十万言的《灵山》译成瑞典文。余国藩用10年时间译《西游记》为英文；黄国彬译但丁的《神曲》为中文，前后用了20年。关于作品的价值及其翻译，我们不宜把《灵山》和《神曲》《西游记》相提并论，这里要指出的是，着手翻译《灵山》时，马氏马齿已增，至少是65岁了。译这部长篇小说，要花掉马氏多少宝贵的时间和精力？

马氏的宝贵时间和精力，应该用于阅读每年诺奖5人组推荐的几位候选人的著作，以尽院士的重大责任；应该用于广泛阅读华文文学作品及相关评论，以尽“唯一懂中文”院士的重大而特殊的责任。而他竟然把宝贵的时间、精力用于翻译《灵山》及高氏的其他作品，以及其他某些获偏爱的华文作家的作品。

对诺奖我们“不必过于重视”

夏志清为中国现代小说的重量级研究者、批评家，人们戏称他为“夏判官”。判官要铁面无私，甚至冷面无情；常常热情洋溢如夏日的夏公，是否如此，我们不得而知。身为全球威望最高的诺奖“判官”之一，马公绝对应该尽量做到铁面无私甚至冷面无情的，这样才真正是在华文文学界“天下为公，选贤举能”的马公。而他竟然如此。而他更竟然乐于做华文作家所巴结的马大爷，让众多“小蜜蜂”嗡嗡嗡地包围着、奉迎着。这是马判官的喜剧还是悲剧？也许是现代主义中“荒诞剧场”的悲喜剧吧！

马悦然先生数十年来研究汉学、翻译中国文学，颇有建树，就此而言，他值得我们敬重。然而，靠他这样一位“褒贬任声”、议论不够“精密”“圆通”、未能“圆照”“博观”、做不到“无私于轻重、不偏于憎爱”的批评家来评定中华当代文学的成就，却万分危险。马先生可敬而不可信。他倒也坦率，在《访谈》中，他说：“我自己原来是学语言的，对于文学理论、文学历史、文学批评都没有做过太深的研究，我把自己定位为一个爱好文学的一般读者。”我们自然不能让这位“爱好文学的一般读者”

来膺此华文作家诺奖评选的重任。

钱锺书和余光中都曾表示过，我们不必太重视诺奖（注）。曾与马悦然有前嫌而终于冰释的王蒙这样圆通地说：“我们与诺奖评审机构应该互相尊重，求同存异，加强沟通。”；此外，与其批评诺奖，不如改善我们中国的文艺评奖，“增加它的权威性、公信力与影响力，也增加它的奖金数额。”

写于 2010 年 3 月

［注］1986 年 4 月 5 日出版的《文艺报》头版右上角显著位置上刊发了下面一则新闻：《著名学者钱锺书最近发表对“诺贝尔文学奖”看法》：

> “萧伯纳说过，诺贝尔设立奖金比他发明炸药对人类为害更大。当然，萧伯纳自己后来也领取这个奖的。其实咱们对这个奖，不必过于重视。”著名学者钱锺书是在寓所接受中新社香港分社记者采访时，发表他对“诺贝尔文学奖”的看法。他说：“只要想一想，不讲生存的，已故得奖人里有黛丽达、海泽、倭铿、赛珍珠之流，就可见这个奖的意义是否重大了。”在谈到博尔赫斯因拿不到诺贝尔奖金而耿耿于怀一事时，钱锺书说：“这表示他对自己缺乏信念，而对评奖委员似乎又太看重了。”

以上转引自吴泰昌著《我认识的钱锺书》（上海文艺出版社，2005 年，页 58）。

第四辑

文学家之径

钱锺书：“东海西海，心理攸同”

中西文化异同讨论了数百年

中西文化相同？相异？如果是相同，那是全同还是大同小异？如果是相异，那是迥异还是大异小同？中国和西方，地域广大而历史悠久，语言、种族、宗教、民间风俗等等，一看而知是不同的，中西文化怎会全同？如果说中西文化大同，那么，相同到什么程度才算大同？比较时有什么指数、指标作为根据？还有，文化是人类物质产品和精神活动的总体，包括衣食住行、典章制度、哲学宗教、文学艺术等等，内涵极为丰富复杂，实在极难概而论之。

中西文化的异同，至少已被讨论了三四百年。举例而言，德国人黑格尔认为西方有哲学而中国无哲学，或者说中国哲学是“史前哲学”；黑氏认为中国的文字不宜作思辨之用。叔本华认为“欧洲人的基本思维方式与亚洲人截然不同”。近代中国学者也侃侃而论中西文化。陈独秀说：“西洋民族以战争为本位，东洋民族以安息为本位……西洋民族以个人为本位，东洋民族以家庭为本位。”梁漱溟说：“西方文化是以意欲向前要求为其根本精神的……西方的文明是成就于科学之上；而东方则为艺术式的成就也……西方的学术思想，处处看去，都表现一种特别的彩色，与我们截然两样，就是所谓'科学精神'。"钱穆说："我民族文化常于和平中得进展……欧洲史每常于斗争中着精神……中国史如一首诗，西洋史如一本剧。"20世纪之始，辜鸿铭说："必须承认，一场斗争现在正在欧洲文化与远东文化之间进行着。人们可以将它看作东亚文化与中世纪欧洲文化间的斗争。"这个世纪之末，亨廷顿（Samuel Huntington）说："在这个新世界，最广远、重要、危险的冲突，不会是社会阶级之间、贫富之间或其他经济性集团之间的冲突，而是属于不同文化实体的人民之间的冲突。"上述这些人认为中西文化差异甚大、极大，甚至中西文化迥异。

中国之东有东海。印度和阿拉伯半岛之间有阿拉伯海，沙特阿拉伯和埃及之间有红海，伊朗和俄罗斯之间有里海，欧洲和非洲之间有地中海；阿拉伯海、红海、里海、地中海，在中国的古书中都称为西海。东海之滨和西海之滨，数千年来栖居着种族、语言、宗教、生活方式不同的人，产生了、发展了不同的文化，形成了不同的文明，而钱锺书说："东海西海，心理攸同。"

基本信念和核心价值：中西相同

他的意思是：中西文化基本上是相同的，有共同的基本信念、核心价值；换言之并引申之：中西文化、中外文化、世界各种文化是大同的。钱锺书的《谈艺录》《管锥编》《七缀集》

等著作，举出如长河大海般古今中外的事物和理论，说明“东海西海，心理攸同”，其例证的丰富，我们不知道西方有没有学者的著作可和他相比——也许难以望其项背。钱锺书著述论及的范围，极其广大，人文学科和社会科学无所不包，甚至有涉及科技的。他论述文学的单篇文章中，大概以《诗可以怨》和《通感》两篇最为著名，经常为人引用。这两篇正可用来说明“心同”和“理同”。

《诗可以怨》主要说明“心同”，《通感》主要说明“理同”。这里“心”可译为heart，“理”可译为mind；“心”“理”二者有别，但也常常混合为一。不同文化的人，貌异心同，都要抒发感情，特别是心中的悲怨之情。钱锺书旁征博引，论述中西同“怨”：在中国，诗的妙诀，“只有销魂与断肠”；在西方，诗人说“最甜美的诗歌就是那些诉说最忧伤的思想的”。在中国，《文心雕龙》说“蚌病成珠”；在西洋则有“诗好比害病不作声的贝壳动物所产生的珠子”之说。至于《通感》，这说明的是诗文修辞的一个规律、原理。作家创作时，或为了求忠实表现“入神”“迷狂”的情状，或为了求“自铸伟词”“陌生化”的效果，乃打破、打通五官六感，而有“通感”。也因此，天宇静止的星星有行动有声音：苏东坡的诗说“小星闹若沸”，意大利的诗人说“碧空里一簇星星吱吱喳喳像小鸡似的走动”。也因此，声音是看得见的：中国的诗人说“风随柳转声皆绿”，西方的诗人说知了在树上“倾泻下百合花也似的声音”。

钱锺书对诙谐文字甚感兴趣，其《小说识小》一文引述一笑话，颇能博读者诸君一粲，也可见东方西方心同笑同。钱引《笑林广记》谓南北二人均惯说谎，一次二人相遇，南人谓北人曰："闻得贵处极冷，不知其冷如何？"北人曰："北方冷时，道中小遗者需带棒，随溺随冻，随冻随击，不然人与墙冻在一处。闻尊处极热，不知其热何如？"南人曰："南方热时，有赶猪道行者，行稍迟，猪成烧烤，人化灰尘。"钱氏又引英诗人《罗杰士语录》（*Table Talk of Samuel Rogers*，ed. by A. Dyce）第 135 页记印度天热而人化灰尘之事（pulverised by a coup de soleil），略谓一印度人请客，骄阳如灼，主妇渴甚，中席忽化为焦灰一堆；主人司空见惯，声色不动，呼侍者曰："取箕帚来，将太太扫去（Sweep up the mistress）。"钱氏曰：较之《广记》云云，似更诙谐。

海量论据证心同理同

中西文化相同还是相异，东海西海是否同理同心，诚然论说纷纭。西海有相异论，也有相同论。歌德就认为"中国民族是一个和德国很相似的民族，中国人在思想行为和情感方面几乎和我们一样"。西海更西一些，大西洋岸边的奈保尔（V.S. Naipaul），宏观东海西海之后，也有"普世文明"（universal civilization）之说。奈保罗认为：在文化上，人类汇合在一起；全世界的人，共同的价值、信念、取向、实践、体制愈来愈获得采纳；一个"普世文明"就这样产生了。所谓共同的价值、信念、取向等等，就是钱锺书说的"心""理"。"非我族类，其心必异"？不，"非我族类，其心大同"。我们也可以说，种族肤色、语言文学、宗教仪式、生活习俗这些形式、表层、外貌之“异”，实际上藏着深层的、内心的“同”，是“貌异心同”。最近看到2010年9月16日出版的《社会科学报》，其海外新书栏介绍《心中之火：白人积极分子如何拥抱种族平等》（*Fire in the Heart*：*How White Activists Embrace Racial Justice*）一书，内有“白人积极分子发现他们与有色人种拥有相同的核心价值观”的说法。诚然，礼义廉耻，或者说，仁义礼智信，这些怎会不是普世价值呢？

中西文化的异同是个极大的议题，涉及诸种学科、诸多角度既深且广的研探，议论纷纷是必然的。笔者绝无才学独力做全面的研讨与判断，对此所能说的，只是比管更狭窄、比锥更尖小的一得之浅见而已；只是叹服于钱锺书的海量式论据，进而折服于他之高见而已；只是凭数十年的阅读、观察、体会，认为东海西海事事物物的基本性质或核心价值相同而已。

写于2010年秋

钱锺书平心论中西文化

钱锺书认为东海西海心同理同，这无形中给中西文化优劣论附带来个平议。王国维在一百年前说：

> 我国人之特质，实际的也，通俗的也；西洋人之特质，思辨的也，科学的也，长于抽象而精于分类，对世界一切有形无形之事物，无往而不用综括（generalization）及分析（specification）之二法，故言语之多，自然之理也。吾国人之所长，宁在于实践之方面，而于理论之方面则以具体的知识为满足，至分类之事，则除迫于实际之需要外，殆不欲穷究之也。

王氏又说：

> 故我中国有辩论而无名学，有文学而无文法，足以见抽象与分类二者，皆我国人之所不长，而我国学术尚未达自觉（self-consciousness）之地位也。

认同王国维这个说法的人颇多。年前我在成都讲学，有研究生发表类似的意见，我对他们说："没有分析的头脑，没有科学的思维，诸位不远处都江堰的水利工程建设得起来吗？那是两千多年前的伟大成就啊！你们读古代的经子史集等典籍，它们多的是分析、分类和体系。"

钱锺书平心论中西文化，让中国文化与西方文化平起平坐；

他指出东海西海心同理同处，对东方人西方人的品性差劣处同声讽刺针砭。《围城》的序云：“在这本书里，我想写现代中国某一部分社会、某一类人物。写这类人，我没忘记他们是人类，只是人类，具有无毛两足动物的基本根性。”钱氏意谓东方人西方人都是“无毛两足动物”，都有它们的“基本根性”。这本小说中的人物，绝大多数都是中国人，钱锺书固然把他们讽个不亦乐乎；一有机会，他也把法国人、爱尔兰人刺个不亦痛乎，例如：“孙先生在法国这许多年，全不知道法国人的迷信：太太不忠实，偷人，丈夫做了乌龟，买彩票准中头奖，赌钱准赢。”“他住的那间公寓房间现在租给一个爱尔兰人，具有爱尔兰人的不负责任、爱尔兰人的急智，还有爱尔兰人的穷。相传的爱尔兰人的不动产（Irish fortune）是奶和屁股……”面对西方的一些所谓汉学家，钱锺书的讽刀刺枪十分尖锐。他在《谈中国诗》一文中引述了一个故事，与法国最高学术机构的汉学教授有关的：

> 让我从高谛爱（Gautier）的中篇小说（Fortunio）里举个例子来证明中文的难学。有一个风骚绝世的巴黎女郎在他爱人的口袋里偷到一封中国公主给他的情书，便马不停蹄地坐车拜访法兰西学院的汉学教授，请他翻译。那位学者把这张纸颠倒纵横地看，秃头顶上的汗珠像清晨圣彼得教堂圆顶上的露水，最后道歉说：“中文共有八万个字，我到现在只认识四万字；这封信上的字恰在我没有认识的四万字里面的。小姐，你另请高明罢。”

钱锺书讽刺西方汉学家的中文修养，其利箭且直接射向诺贝尔文学奖。在钱氏 20 世纪 40 年代的小说《灵感》中，中国某位多产作家参选诺贝尔文学奖。衮衮诸奖诸公不懂中文，乃向一“支那学”者请教，“支那学”者严肃地回答：“亲爱的大师，学问贵在专门。先父毕生专攻汉文的圈点，我四十年来研究汉文的音韵，你问的是汉文的意义，那不属于我的研究范围。至于汉文是否有意义，我在自己找到确切证据以前，也不敢武断。我这种态度，亲爱的大师，你当然理解。”

写于 2010 年秋

向钱看，锺爱书

——纪念钱锺书先生逝世十周年

是字林，是字的热带雨林

近年，面对刚入学的研究生，我总是引述苏东坡的话：自孔子圣人，为学必始于观书。我要学生向钱看，到图书馆观观、翻翻、看看锺书的书：年前由商务印书馆出版的《钱锺书手稿集》，又名为《容安馆札记》，三巨册，共二千多页的这套大书，每页都是钱先生观书后写下的笔记；中文、英文、法文、德文、意大利文等，都是莎士比亚笔下丹麦王子所说的“文字，文字，文字……”，是字林，是字的森林、丛林、热带雨林，其“繁密”超出古代诗评家钟嵘的想象。

《手稿集》中，从《诗学》到《二十年目睹之怪现状》，都是“急管繁弦”般密密麻麻的钢笔字、毛笔字，是钱老年轻时就开始写的——在牛津大学的图书馆“饱蠹楼”（Bodleian Library；“饱蠹楼”音义兼顾，是钱锺书的雅译，就像徐志摩之译 Firenze 为翡冷翠）。饱蠹楼的书不准外借，钱先生于是天天在楼中蛀书、抄书；这只不餍的蠹虫，被喂饱了诗书。札记有一条记爱尔兰诗人叶慈（又译叶芝）的话：耶稣最容易受诱惑。

锺书先生只受书的诱惑，不受别的诱惑。

他一生淡泊名利，成大名后曾婉拒多所大学的荣誉博士学位。钱先生有书万事足，甚至有“躲进小楼成一统，管他春夏与秋冬”之概。其实他有忧患，他的著述是忧患之书，是另一种“蚌病成珠”。他一向关心世事时局。《手稿集》第 2120 页引米瓦殊（Milosz）《攻心记》（*The Captive Mind*）的话，说某小说预言了苏联控制下东欧的情况，“绘声绘影”。据钱夫人杨绛女士说，已出版的三巨册《手稿集》，其篇幅大约只有钱氏全部手稿的二十分之一。这些手稿是一部文字传奇。

锺爱书，锺爱书信

钱老从小就锺爱书，当爱情来时，他仍然亲密地离不开书。据新近出版的《听杨绛谈往事》一书所说，年轻时钱锺书和杨绛初识不久，双方都介绍对方看书。然后是写信：钱、杨在同一所大学读书，而钱氏写信“很勤，越写越勤，一天一封”。杨绛日常散步后回到屋子里，“就知道屋里桌上准有封信在等我”；“我觉得自己好像是爱上他了”。这使人想起钱氏小说《围城》中方鸿渐与唐晓芙谈恋爱时，二人近在咫尺，方却天天写信给唐。由此可见钱锺书锺爱书，还锺爱书信。他数十年来不喜欢参加形形色色的文学文化活动，而靠通信来与人交游、交往。他是“文人”，也是“书信人”，是名副其实的 man of letters。他一生大量写作书信，如果有人在海内海外寻寻觅觅后把钱氏书信汇集在一起，这些书信必然汇成“翰”海，成为一大观。

钱老一生读书、做学问、慎思明辨，他打通中外古今，跨越多个学科，著书立说，壮年时兼写小说，成就他卓越的文学事业。钱锺书的小说《围城》将会不朽，其《管锥编》也将成为经典；我认为《钱锺书手稿集》应该也成为永恒的丰碑。哪个地方要举行书展，要举办读书周、读书月之类活动，都不妨竖起这三块书碑，以为装饰——不，以为象征。

去年华南某大城举办“读书月”活动，我参与盛会，并向一位负责人建议：明年(即2008年)是钱锺书先生逝世十周年，“读书月”可安排一个与钱先生有关的节目，可在相关场地陈列《手稿集》三块象征性的书碑。一年已过，金秋又来，但“读书月”不见钱氏的任何踪影。我浏览各地的文艺信息，除了零零星星忆念钱氏的文章外，也不见任何具规模的纪念钱氏逝世十周年的活动。

在钱氏雕像旁竖“手稿”丰碑

查阅资料、点击网页时，倒是有一个发现：有人建议在湖南省涟源市建设一个钱锺书广场。为什么建议在此地，而非钱氏出生地无锡，或者他久居的上海、北京？原来涟源市旧称蓝田，70年前蓝田创立了“国立师范学院”，钱氏在此教了两年书。其小说《围城》所写的三间大学，正以此学院为原型；小说的人物也多以现实的儒林为模特儿。古人说“玉出蓝田”，有着精金美玉般见解的钱氏名著《谈艺录》，原来也在蓝田酝酿、构思。如今蓝田日久校如烟，但是钱氏的作品仍然发光发热——通俗点来说，仍然卖钱。在涟源即蓝田建一个钱锺书广场，立一座钱氏雕像，竖三块手稿丰碑，以纪念20世纪中国的文学大师、文化昆仑，我相信文化界一定赞成。

建广场之议大概在一年多前提出，不知道是否已获接受、落实？现今青少年酷爱电玩，报纸杂志都以图片取悦读者，报刊上影星的一袭罗裙就遮盖掉一二千个文字，球星的一脚就踢走三五首诗歌，文字几乎沦为图像的说明。一些青少年爱看图像，遇到文字就觉得头晕。在这个图像喧腾的时代，我们要提倡读书、读文字，因为文字、书本是文化最重要的载体。钱锺书先生一生锺爱文字锺爱书，不管广场建不建，书碑立不立，在纪念钱氏逝世10周年之际，让我们鼓励青少年——包括年轻的研究生——向钱看，锺爱书。

写于2008年12月初

钱锺书的牛津B.Litt.（“副博士”）学位

“文学士”还是“副博士”？

快到12月19钱锺书先生逝世的纪念日，不禁又想到这位“文化昆仑”的一些事情。钱夫人杨绛曾谈说其名著《围城》，不料文章中一个用词惹来骂名。1985年她的《记钱锺书与围城》写道：钱氏“1935年考取英庚款到英国牛津留学，1937年得副博士（B.Litt.）学位。”一些谈钱锺书的文章和传记，便跟着杨绛这么说。然而，批评钱锺书的人，看来看去看不出B.Litt.为什么是副博士，认为是有人抬高了牛大这个学位的等级。

一些人考查此事，有以下的发现：钱父基博先生在家谱中说儿子获得的是“文学士学位”；美国哥伦比亚大学夏志清教授在《重会钱锺书纪实》中说钱锺书“拿到文学士（B.Litt.）学位”；又有人指出“副博士”原本是苏联设置的一种学位，英国的牛津大学不可能颁发；此外，1998年12月19日钱锺书辞世，翌日新华社发的电讯，讲到钱锺书牛津留学一事，只说“获B.Litt.（Oxford）学位”，没有给出相应的中文译名。

“副博士”之说错了？

2001年9月，杨绛向清华大学捐献自己和钱锺书的稿费，设立“好读书”奖学金。仪式中，主持人介绍钱锺书生平，提到他曾获牛津大学的文学副博士学位；杨绛纠正说：“不是副博士，是学士学位。”前此杨绛祸从口出，现在祸从口销；钱锺书在牛津得到的是“学士学位”（或“文学士学位”），副博士一案应可定谳。

钱锺书的学位论文绝不比博士论文逊色

我对牛津的 B.Litt 学位究为何物，颇感好奇。年前问过在牛大得过博士学位的同事，她茫然不能答。钱锺书的牛津学位论文，题目翻译为中文，是《17 和 18 世纪英国文学中的中国》，论文收录在《钱锺书英文文集》（2005 年由外研社出版），占了该书整整 200 页。钱锺书阅读英文、法文、拉丁文文献，旁征博引，细察宏观兼之，议论迭出，所写论文的质量比诸今天任何著名东方和西洋大学的比较文学博士论文，怎会逊色？他在清华毕业，读书时有“人中龙”美誉，早已博闻强记；又在牛大的“饱蠹楼”（Bodleian Library）蛀书然后著书两载；凭此论文拿不到博士，连副博士也拿不到吗（假如有副博士这个学位的话）？

我未能花费庞大旅费宿费专程到牛大查探究竟，一直对此学位事件“梗梗”于怀。一天上网，无意中网到了一条资料。在我第一次看到的“Full Wiki”网页，有“Degrees of the Oxford University：Wikis”（意为“牛津大学的学位”）。这一条资料，把牛大的学位分为三大类，它们翻译成中文是：1. 本科（大学部）

学位；2. 艺术硕士学位；3. 研究生学位。三大类之下各有小目。列举时从低到高，颇有秩序，虽然 2. 与 3. 之间有重叠。

细看牛大学位这三大类内容，大有牛头不对马嘴之感。1. 写明是本科学位，但 1. 之中却包含一个“本科硕士学位”。此外，3. 是研究生学位，分为三种：甲是本科学位；乙是硕士学位；丙是博士学位；为什么“3. 研究生学位”部分却包含有“甲本科学位”呢？

“我连名牌大学要颁给我的荣誉博士学位都婉拒了”

通览三部分内容，我发现 B.Litt.（Bachelor of Letters）学位在第 3 类即研究生学位出现两次：第一次在本科学位，第二次在硕士学位。第一次出现时，附带说明这个 B.Litt. 学位现在不再颁发；第二次出现时，附带说明牛大原来一些学士学位，其名与实为了与美国的学位相称，乃更改名称，提高了等级。从前的 B.Litt. 学位，因此改称为 M.Litt.（可翻译为“文学硕士”），也因此在 3. 乙中，正式列有 M.Litt. 这个学位。

以上说来相当复杂，读者要细心阅读，才看到其奥妙。确实复杂，Wiki 这一条资料，开宗明义就说：“不明了牛津大学学位制度的人，一定被搞得一头雾水。”

根据以上的小考证，我们可以推论，钱锺书所得的 B.Litt. 学位，实质高于本科程度，它具有文学硕士学位的水平。至于硕士能否称为副博士，自然有仁智之见。中文里副博士这个名称，又是怎样来的呢，那要再来一番考证了。至于钱锺书，他在生时对副博士说法默然不语——哈哈，钱锺书字默存，现在天上白玉楼已安居 19 年（妻子杨绛于年半前升天相伴）；如果有内心独白，大概是：“我连名牌大学要颁给我荣誉博士学位都婉拒了，还在乎是不是副博士吗？”我们则会想起他在生时，电视台再三邀请这位“文化昆仑”做访谈，为他拍摄纪录片，还以有报酬相诱，他婉拒到底，说：“我已姓了一辈子的钱，还在乎钱吗？”

写于 2017 年 12 月

悼念冬雪中仙逝的夏志清先生

《中国现代小说史》：“不朽的杰作”

今早传来夏志清先生（1921—2013）逝世的消息，我马上致电纽约夏府，夏太太王洞女士接电话，说夏公是29日在纽约当地的疗养院因为心脏问题过世的，离世时没有痛苦，可堪告慰。夏太太又说她收到我寄的贺年平安信，把信的内容向夏公述说了；他去世前思维清晰。今年初有美国游的计划，陈婕与我说好，如成行，一定要到纽约看夏公。现在当然只有遗憾了。我写过《春风秋月冬雪夏志清》一文，夏公在初春出生，现在享93岁高寿于深冬逝世，由春到冬，四季递转，正合道家所说的自然。

夏公一生最重要的著作是《中国现代小说史》（后文简称《小说史》），还有《中国古典小说》等多部著作，而以《小说史》享誉最隆。此书与夏公二者几乎融为一体。一提起张爱玲和钱锺书，必然提起夏志清，因为是夏公“识”他们于微时。夏公在《小说史》中辟专章评论张、钱二人作品，把他们的成就高高标举。1979年钱锺书访问美国，到了纽约，别的人可以不见，夏志清不可不见，因为夏氏说钱氏的长篇小说《围城》“大概是中国现代最杰出的长篇小说”。钱锺书怕与人交际应酬，因为这样会减去读书写书的时间。张爱玲更怕，她相当孤僻。一般人寄给她的信，她往往拆也不拆就扔入垃圾桶，却与夏志清长年维持通信，因为夏氏说她的中篇小说《金锁记》是中国历来最伟大的中篇小说。数“钱”秤“金”，得准确允当，否则这位批评家的衡量就没有信用；评语如通货，膨胀如长久，百物皆高价，货币就贬值。

《小说史》出版至今50多年，我们回顾此书的“读者反应”，虽未能说人人都赞同夏氏的所有论调，其高举张、钱而同时极为推许鲁迅的短篇小说，其探寻中国现代小说感时忧国的精神，凡此种种，夏氏评论的“含金量”是很高很高的。

夏志清“操千曲”“观千剑”

夏志清出身于耶鲁大学英文系，饱读西方文学经典。无论写的是春风秋月的人生，是秋风秋雨的社会，他对作品的思想性和艺术性同样注重。19世纪英国批评家马修·安诺德（Matthew Arnold）有“试金石”之论，评断当代作品时，以荷马、但丁、莎士比亚的名篇名段为试金石，测量所评作品的表现。夏志清则把所论作家作品放在古今甚至中外文学的坐标中，透视其价值。《文心雕龙》说“操千曲而后晓声，观千剑而后识器”，夏志清“晓声”“识器”，正因为他博览过文学的著名经典。

《小说史》原著为英文，1979年由香港友联出版社推出中文译本。十多年后香港中文大学出版社再版，2005年复旦大学出版社推出内地版。中译本《小说史》编译者之一刘绍铭说：“连政治上与夏氏意见相左的年轻学者，也对他的学问和批评眼光表示佩服。”他誉此书为“经典之作”。刘若愚更谓此书乃“不朽的杰作”。

1976年起，我在香港教书，课余为友联版义务任校阅，并编译其索引，把此书原著和中译由头到尾读了三遍，觉得学术界对此书的赞誉并不过分。内地20世纪50年代的中国现代文学史著作，由于政治色彩浓厚，而著者的中西文学视野比较狭窄，论述也就比不上夏着的锐利独到了。

“弥纶群言”以成新论

20世纪70年代初，我翻译了夏公的两篇英文论文，一为《〈老残游记〉新论》，一为《文人小说家和中国文化——〈镜花缘〉新论》，翻译时我在美国读研究院。我译夏公的论文，力求信、达，译文甚得夏公首肯。夏公做学问的方法，他评论作品的态度，在这两个个案中呈现无遗，非常值得研究生学习，奉为典范。

刘鹗的《老残游记》成于1904年，夏志清的《〈老残游记〉新论》成于1968年。60多年间，这本小说有多种版本和评论。夏志清尽量搜罗各种有关资料，一一阅读。他所用的版本，有台北的，也有北京和香港的，连美国学者谢迪克（H. Shadick）的英译本也不放过。评论方面，也兼览台北、北京各地的资料，通论性的书如鲁迅的《中国小说史略》和阿英的《晚清小说史》自然也看了。他还浏览了一大堆涉及《老残游记》时代背景的文献，如《庚子事变文学集》、《庚子国变弹词》、《清史稿》、《清史列传》、《近代中国史事日志》、《清代名人传略》（英文）、《义和拳大灾难》（英文）等等。夏志清金睛火眼聚焦于此书，参照综合各家之说，提出他的独到之见，确有“新论”。夏氏认为《老残游记》是我国第一本用第一人称写的抒情小说，也是我国的第一本政治小说，非普通人所称之讽刺小说、谴责小说而已。夏氏又认为，老残于银光映雪中矫首对月一节，固属佳构，这节接下来的沉思一段，更应受注意。这里刘鹗深入主角内心，显出抒情的本色。在历代小说中，这样的技巧，诚然戛戛独造。

我的一篇长文《〈人间词话〉新论》在1975年完成、发表。30多年前研究、撰写时不觉，后来回顾，乃发现我的学术研究和撰述，甚受夏公的启发。夏公的“新论”和我的“新论”正是刘勰“弥纶群言，而研精一理”理论的体现：参照综合各家之说，分析之，议论之，然后提出个人独到之见。当下很多的文学“学术论文”，往往不理会相关作品既有的研究成果，就匆匆发表议论，与读后感想没有什么差别。

对晚辈扶掖鼓励、来鸿去雁

《小说史》的校、编，是我自动请缨的；更早的翻译，是我主动提出要做的。为什么这样自动、主动，原来我差点儿成了夏公的学生。我在1969年冬天初次在纽约拜访夏公，后来报考夏公任教的哥伦比亚大学东亚系，获得录取；俄亥俄州立大学的东亚系我也曾报考，它录取了我，且给予奖学金。我到了俄大深造。虽然没有成为夏教授的学生，但感于他的指导、鼓励之恩，视他为老师，主动为他在学术上尽点绵力。夏公对我爱护有加，不时耳提面命，指点门径。1971 年夏天，他知道我将往俄大深造，嘱咐我一定要好好跟陈颖先生读书。夏公乐道陈师之善，所言甚是：陈颖师对李贺、济慈（John Keats）的感性世界深有体会，既谈艾略特（T.S. Eliot）又论钱锺书，出入中西两个高雅精致的诗歌传统，他的兼通、贯通予我很大的启迪。

1976 年我在俄大毕业，回香港的母校任教。翌年我的第一本书《中国诗学纵横论》出版。出版前，夏公知道此事，从纽约飞来一封邮简，主动提出要为我写序，我当然大喜迎接这从天而降的讯息。我把书稿寄出，不久后夏序飞来，冠于书首。

40 多年来，不论我人在何方，来鸿去雁，夏公这位师长同时也是我的笔友。来鸿总是来自纽约，去雁总是去到纽约。年前我雁报平安，略道一年中家人生活，提及犬子若衡在韩国讲话、唱歌一事，夏公来鸿捎来大期望。他期望 4 岁多的小孩将来成为“大 critic”，即大批评家。不过能言善道喜欢唱歌罢了，长大后就能够成为大批评家吗？内子和我都闻之而喜，而不安。不过，我深能理解：夏公一生从事文学批评工作，在他眼中，批评家和诗人、小说家、音乐家、思想家、科学家、政治家等一样重要，甚至更为重要。生子当如孙仲谋，生子当为批评家！夏公是大批评家，希望他爱护的黄维樑也是大批评家；黄维樑做不成，希望黄维樑的儿子成功。我也有厚望焉。

夏公对他的晚辈，扶掖鼓励，鸿雁往还，就这么温厚、温馨。对他的朋友，则乐道其善。刘若愚先生 1986 年英年早逝，夏公为文悼念，所述不止二人交往，还把刘氏著述的精彩处加圈加点，予以推介。他的悼念前辈学人陈世骧，亦然。刘若愚曾长期在美国西岸的史丹福大学（又译斯坦福大学）任教，以其中国诗歌论著驰名。在美国东岸的夏氏，悼念刘氏的文章，题为《东夏悼西刘》；他颇有英雄重英雄、“固一世之雄也”的自豪。

文如秋月人如春风

夏公的英文写得出了名的漂亮。他的中文书写，一向如秋月那样朗洁。读他这类关于朋友的文章，我们更感到春风春阳的温煦，甚至有夏日骄阳的热情。这和他正襟危坐阅读、评断文学奖参赛作品或文学史上作品不同：他肃穆、认真、不苟，使他有“夏判官”之称，颇有冷冽严肃的冬寒之气。

和他面对面地接触晤谈，则更如沐春风。他在学术会议上致辞时，总会讲在场的张三之长、李四之优，妙语如珠，说后台下鼓掌，自己则开怀大笑。他的略带吴语口音的普通话和英语，时缓时急，急时如连珠炮发，且中英语夹杂，真是一绝。与他面谈，听他讲话，有时觉得仿如在听、在看一场脱口秀（talk show）。

最初接触夏公其人，在1969年冬天；我立雪夏门，在纽约初访夏公。夏府在哥伦比亚大学校园旁边，那里的北面是哈林区，治安不甚靖。夏宅重门深锁之外，还装有警钟，以防万一。当时夏公迎我入门时，不知怎的，触响了它，以致铃声大作，楼上楼下的邻居都来看个究竟。夏公向来不但讲话速度快，身体语言也给人“快动作”的感觉，因此当时显得颇为紧张，有点手足无措。后来不知怎的，夏公说了些快人快语，警钟就停止了。大概是给夏公之威风，或是他那机关枪般的口头反击镇住了吧。那时根本不觉得他是堂堂哥大的教授。

夏公长居纽约，已逾半个世纪；他不是纽约客，已是纽约人了。年前的来鸿中，夏公表示现在年纪更大，更不想离开纽约了，要会面就由我们到纽约去相聚。春夏秋冬不同季节，我都在纽约拜访过夏公，每次都受教益。有一次，看到他书桌上有十来根西芹菜的茎，和削成条状的红萝卜，他像抽香烟似地一根一根吃。这是他养生之一道。去年与他通电话，90 余岁的夏公思维清晰、语音响亮；看他的近照，更是容光焕发。数年前我在致夏公的一封信中说，以他的天赋颖异和后天勤奋，如从事别的行业，一定是名成利就的富豪级人物。夏公志不在此，志在文学，在文学批评，一生的努力和成就，清一色是文学批评。今年没有美国行，失去再次亲近接触春风秋月冬雪一样的夏公的机会。遥祝他在天上也四季平安，在白玉楼经常与钱锺书、张爱玲等谈文说艺。

2013 年 12 月 31 日增订 2011 年 1 月旧作

再说夏志清

超级的书信人

前年（2015年）夏天在纽约拜访夏太太，她赠我一本新出版的《夏志清夏济安书信集：卷一 1947—1950》，旅途上翻阅，趣味浓郁。两兄弟来鸿去雁，细谈学术电影时政家事以至恋爱和女性。离开纽约到了纽海文的夏志清母校耶鲁大学，差一点要把书转赠友人，说："50年代耶鲁的许多人与文，都在其中，极具史料价值！"

二夏褒贬学府中人，非常坦率，例如页156关于一位李君的。夏志清在信中说李"记忆平平，常识极缺乏，英文写得也一无distinction（优异）"；又说"有一次饭厅内他问外国人什么小说是 *Moby Dick*（中译一般作《无比敌》或《白鲸记》）"。在耶鲁的研究院读英语文学，李这样的常识水平，真是无可比的。夏还说："Yale研究院的文科学生intellect（智力）都差不多，比我低。"连洋人都给比下去了。夏氏博览文学作品，对学问差的人，自然看不顺眼。他凭《中国现代小说史》成名，晚年卖老，常向人说自己伟大，加上往往直言无忌，乃有"老顽童"之称。

夏先生自年青至年老，是个贾宝玉一样的多情种子，他的很多情书曾被妻子发现；辞世后妻子大爆料，恩恩怨怨一封又一封，成为他的“情史”。

与夏太太晤谈，看到夏府书桌餐桌茶几上一堆堆的信件，正是她继续整理编选的材料；其中就有我致夏公的，应有数十封之多。夏公是个文人，认识他深的，会说他也是个书信人——man-of-letters，且是超级的。

（上文所述“二夏”书信集，共 5 大卷已在 2019 年由香港中文大学出版社全部出版完毕。）

夏判官拍下惊堂木

转瞬间，夏志清（1921-2013）先生仙逝三整年了。文学界给他的雅号包括“夏判官”和“老顽童”。40 岁出版成名作《中国现代小说史》（英文原著 1961 年初版），他是夏判官；晚年常开怀大笑称赞自己“很聪明”“很伟大”，他是老顽童。

不久前，文友老古完成一文，传来让我先睹；老古引袁良骏的说法：夏志清认为“张爱玲比鲁迅伟大”。我看后告诉老古：印象中，夏志清在其《小说史》和其他论著中，并没有这样的字句或说法。我仔细重读《小说史》论鲁迅和论张爱玲两章，果然没有。

批评夏志清，以为小说史高捧张而低估鲁的人，还有不少；例如，2016 年 11 月出版的《华文文学评论》第四辑页 14，就有一位香港作家这样的话：“夏志清在写小说史的时候就把张爱玲摆得比鲁迅还要重要……”

为什么批评夏志清的人有这样的“虚构”？我想原因大概是：首先，“最伟大者”占最多篇幅；张在小说史中有 43 页，鲁只有 27 页。其次，《小说史》写道：“张爱玲是今日中文作家里最优秀最重要的……”中文版的小说史张爱玲章（由夏济安翻译）则说“张爱玲该是今日中国最优秀最重要的作家”。

我尝试这样解构上述的虚构：首先，写小说史时，张爱玲少为人知，英语读者知道的尤其少，夏志清大量引述张爱玲作品原文，以详细介绍故事，因此耗用大量篇幅。其次，小说史说的“今日”，其所指时间幅度不包括鲁迅（1881-1936）的时代；换言之，夏志清没有拿鲁张二人来比较，而且小说史评张时，根本没有用过“伟大”（great）一词。夏判官评断文学，其惊堂木拍下去，还是轻重有度的。

夏志清没有挑战鲁迅的“最伟大”

夏志清的名著《中国现代小说史》（英文原著在 1961 年初版）张爱玲章，没有用“伟大”（great）一词称颂张爱玲；其鲁迅章倒是出现了这个词。鲁迅章劈头第一句是“鲁迅……被公认为最伟大的现代中国作家”，接下去，夏氏并没有对这句话提出商榷或挑战。小说史对鲁和张都好评，但它没有比较鲁张二人的成就谁高谁低。

论《狂人日记》，夏志清说此篇“表现了精绝的技巧”；论《孔乙己》：“用字经济，写法克制，有海明威的一些尼克·亚当斯故事的特色。”论《药》：“是传统生活方式的真实揭露，是革命的象征性寓言，也是父母因子女而悲伤的动人故事”；“鲁迅尝试在小说中经营复杂的涵义”；末尾老妇人和乌鸦的“象征性场景，涉及革命的现在和未来，想象力丰富，是中国现代小说的一个高峰”。论《社戏》：“是作者儿时的叙述，美妙迷人。”论《祝福》《在酒楼上》《肥皂》《离婚》：“小说中，探索中国社会最为深刻的作品，有这几篇。”请注意：夏氏说的小说，可指古今中外的所有小说。论《祝福》：“封建和迷信在这里变得有血有肉。”论《肥皂》：“是非常精彩的讽刺作品。”论《狂人日记》到《离婚》诸篇：“是（新文学）第一阶段的最佳小说。”

夏志清论中国现代小说，因为政治立场而有其成见，对鲁迅的成就，他还是高度肯定的。

写于 2016 年

笔璨五采，室藏五财

——在高雄中山大学余光中特藏室启用典礼的讲话

在阳光中，在余光中

我非常高兴来到中山大学图书馆，参加这个余光中特藏室落成启用典礼。我今天早上从宜兰经台北来到这里。在北部，我“听听那冷雨”；这里高雄的阳光真好，我们都在阳光中，在余光中。

清代的翁方纲（1733—1818）是个杜甫迷，16岁开始读杜甫的诗，50年后写出了《翁批杜诗》这本书；之后这位粉丝继续读杜诗。我为余光中的长期读者，数十年来，我的文学思维经常离不开余光中。说到目前台北仍在举行的“花卉博览会”，我马上想起余光中的近作《花国之旅》：花博中有“色彩合法暴动”，却又是“唯美主义的大殿堂”，那里“琪花瑶草将我们宠成了仙人”；花之国万卉争艳，花之多，连极爱花极喜戴花的屈原“也无法逐一点名”。电视新闻出现利比亚等地的战火和炮声，我就想起余光中的《如果远方有战争》。这诗说战争中，“榴弹在宣扬真理”，“战车狠狠犁过春泥”。北非动乱，杀戮在进行；日本大地震大海啸后，人们则奋力抢救生命。

欲其死与保其生，对立并存。这个世界就如叶慈（William B. Yeats）的诗《再度降临》（“The Second Coming”）说的“分崩离析，中心不存”，而余光中翻译过这首著名的诗。

《让春天从高雄出发》遐迩驰名

回到阳光中、余光中的高雄，我马上想起他的《控诉一支烟囱》《让春天从高雄出发》：“让木棉花的火把/用越野赛跑的速度/一路向北方传达/让春天从高雄出发。”（他也写过《台东》一诗，大大赞美了台东，希望高雄人不要嫉妒。）与高雄及其邻近地方有关的还有“余光中诗园”（里面有《母难日》《五行无阻》等20首），还有《垦丁十九首》，这些诗很多人都读过，都欣赏。

余光中是博大型诗人，其诗情感丰沛深刻，技艺精湛。他也是杰出的散文家、批评家、翻译家，还是位出色的编辑。我说过，他手握五色之笔：用紫色笔来写诗，用金色笔来写散文，用黑色笔来写评论，用红色笔来编辑文学作品，用蓝色笔来翻译。数十年来作品量多质优，影响深远；其诗风文采，构成20世纪中华文学史璀璨的篇页。我之外，全国各地以至全球其他华人社区，还有很多人都是他的知音、粉丝。余先生成就的杰出，为大家所公认。

很多年前，梁实秋先生已说：“余光中右手写诗左手写文，成就之高一时无两。”成就高，余先生是中华的文豪，更不愧是“高雄”——高雄的文雄。今日出席典礼的陈芳明教授以前也说过，余光中“有点石成金之笔”，说他的诗在中国以至世界已“创造新的典范”。四百年前，班·姜森（Ben Jonson）极力称颂其前辈莎士比亚，说人和诗神妙思（Muse）怎样褒扬他，都不会过分（“I confess thy writings to be such / As neither man nor Muse can praise too much”）。对诗翁余光中，也可作如是观。

五项财富·五个用途

余先生在香港中文大学教了十年书，在高雄的中大则任教快 26 年了。在中山大学图书馆辟室特藏余氏作品和相关数据，顺理成章，还有别的大学、别的地方更适合吗？在离五福路不远的这个特藏室，珍藏手握五彩笔的余氏文学财富，我认为应有五项：一为余氏与中山大学有关的物品、资料，包括印上余氏诗句的茶杯、雨伞等。二为余氏与高雄有关的物品、资料，包括书法家楚戈写的《让春天从高雄出发》——这几乎是高雄的市歌、市诗了。三为余氏与各地有关的物品、资料：包括台北《厦门街的巷子》、香港《春来半岛》、泉州《乡愁》、新疆《策勒的来信》、纽约《登楼赋》等相关文物。四为世界各地余学论著种种数据，包括我最近编好的这册《余光中作品评论第四集》。当然最大的一笔文学财富，是余氏的作品，包括数十本余氏著译书册及手稿。

余光中特藏室应该有五个用途：一是让中大师生多认识这镇校之宝。二是让访客来中山大学参观，多了一个亮点、景点。三是让余氏的粉丝浏览书、稿、图片、电子影音等等，还可让参观者到附近的中大书店购买纪念品。四是让余氏的知音细览各种文本等资料。五是让余学学者在此做研究。

五项财富，五个用途，五途无阻，像余先生诗说的“五行无阻”。这个室可扩大，发展成为“余光中文学馆”。别的大学和地方，可能会仿效，或辟室或建馆，向这位大师致敬。五彩、五富、五途，像余诗《五行无阻》说的顺畅无阻，“在壮丽的光中”。

［附记］高雄市中山大学图书馆近辟“余光中特藏室”，于 2011 年 3 月 24 日举行落成启用典礼，主礼者有年逾八旬的余光中教授、中山大学校长杨弘敦教授、中大图资处处长杨昌彪教授、政治大学陈芳明教授，和我。我应邀在典礼中致辞。我把当日讲话略加修饰而成本文。“余光中特藏室”布置清雅，藏品珍贵；中大图书馆筹设的“余光中数字文学馆”亦于此时建构完成，上网可寻得。我讲话中提到的余光中特藏室，其五种财富、五种用途等说法，应该也适用于其他作家（或作家群）的特藏室或文学馆。

天上群仙也要读新诗

——流沙河悼余光中

国内出版的余光中诗文集或者传记，凡附图片的，几乎都有余光中与余坦勋在成都杜甫草堂并肩的照片。余坦勋惯用的笔名，是流沙河。20世纪八九十年代，我主编《沙田文丛》（香港中文大学在沙田），先后推出了香港十多位作者的诗文和小说集子。唯一的例外是《余光中一百首》（以下称《余一百》），由流沙河先生编选评注的，他是四川人。《余一百》书稿在1986年撰毕，先在内地刊物连载发表，至1989年1月在香港面世。

流沙河在本书《编选者如是说》开宗明论："余光中光大了中国诗，他不愧对他的名字。他的诗写得太好了。我在中国大陆隔海读他，已有七年，至今未餍。年龄我比他小三岁，诗龄我和他一样长，可是我要看他一眼，必须有一个很大的仰角。政治立场各踞分野，并不妨碍我对一个大诗人的尊敬。"流沙河在20世纪80年代初读到余诗，喜爱推重之，进而评论之，像对待经典一样评注之；他是余光中在国内的第一知音。他的评语，一般不认识余诗的人，读之必定大大吃惊；只读过余氏《乡愁》一诗的人，读此评语，大概会说："有没有搞错？"

钱锺书研究谓之"钱学"。郑朝宗在厦门大学带领三个研究生以钱锺书《管锥编》为题材，写作硕士论文，后来出版这些论文，郑氏为内地的钱学奠了基。流沙河不在学院中，没有指导研究生的机缘，他编选评注《余一百》，可说为内地的余学奠了基。郑朝宗与钱锺书是清华大学的同学，流沙河则与余光中同姓，也有同“川”之雅（少年余光中在四川住过七载）；巧合的是，郑比钱小三岁，流沙河也比余光中小三岁。

流沙河本身是出色的诗人，其早期作品《草木篇》当年被视为“出位”而挨批；“文化大革命”后出版的诗集《故园别》最为动人，语言浅易而感情深厚。他喜爱俄国小说家契诃夫，在特殊时代，诗人要与心爱的书道别，情伤不下于爱侣分离。其《焚书》之篇，富形象性而直抒胸臆：“夹鼻眼镜山羊胡 / 你在笑，我在哭 / 灰飞烟灭光明尽 / 永别了，契诃夫！”读者至此，可能也会哭泣。《故园别》多为哀愁淡淡伤感绵绵之篇，很有契诃夫氛围（外文有 Chekhovian 一词）。对学生讲授当代文学，我必及流沙河的诗篇。1987 年我发表文章，誉流沙河为“蜀中大将”。怎知道将军旋即“解甲归田”；他不再写甲等的诗，诗坛有的是大量乙等丙等的文字。流沙河仍然在天府的沃土笔耕，其田不再是诗田，而是文田。他自述“上个世纪八十年代之末，悟到自己缺乏天赋，乃停笔不再写长长短短的诗句”。这番谦逊之后，流沙河华美转身而成《流沙河随笔》《庄子现代版》《流沙河认字》等著作，驰誉文坛，仍然是蜀中以至蜀外的大将。例如《认字》一册，积四十年之学而成，作者是现代的许慎，且超越平实的《说文解字》；因为一如流沙河的评论和随笔，《认字》的解说，篇篇都是秀雅朗隽的美文。

余光中去年12月辞世，知音感伤不已，撰写挽联曰：

我未越海前来想泉下重逢二友还能续旧话

君已乘风远去知天上久等群仙也要读新诗

上联言友谊深厚，话语投机（二余曾有酬唱诗作）；下联颂赞逝者的新诗成就卓越。我国的第一批新诗在1918年1月发表于《新青年》，百年老店的货品良莠不齐；有人贬之，视为“青春痘”，有人拒绝承认新诗是诗。流沙河不然。他和一些真正懂诗而且懂新诗的人相同，认识新诗的价值，且推崇余光中的诗篇。天上群仙也要读新诗，这是把余光中“捧到天上”了，而我认为评价不过分。懂新诗且读《余一百》的人，应会接受流沙河的说法。

余余相惜。昔日二余在成都的杜甫草堂晤谈，一定曾引述名句“诗是吾家事”。诗是余家事，书法也是。近日重阅《余一百》的珍贵手稿，只觉字字工整秀美，与余光中书法的字字工整秀健，互相辉映。二余佳话，正如钱郑美谈一样，文坛不能不记。

写于2018年1月

爱说与爱聆

——读刘绍铭《爱玲说》

张爱玲的魅影和魅力

近日得睹几本新书，艳阳天之下，张爱玲的魅影若隐若现。20年前，躺在洛杉矶公寓地毡上的大小说家，被发现时已没有呼吸，且据说已有多天了。我当时直觉地想到她小说《金锁记》中的曹七巧：“七巧似睡非睡横在烟铺上。……她摸索着腕上的翠玉镯子，徐徐将那镯子顺着骨瘦如柴的手臂往上推，一直推到腋下。”“门口背着光立着一个小身材的老太太，脸看不清楚……门外日色昏黄，楼梯上铺着湖绿花格子漆布地衣，一级一级上去，通入没有光的所在。世舫直觉地感到那是个疯人……——无缘无故的，他只是毛骨悚然。”我说这里有个魅影，又把她跟曹七巧联想在一起，似乎是对备受推崇的大小说家大为不敬。

我有魅影之念，却正因为她有魅力。刚才说的几本新书，指的是夏志清著、刘绍铭等译的《中国现代小说史》（香港中文大学出版社，2015年新版）、宋以朗著的《宋家客厅：从钱锺书到张爱玲》（花城出版社2015年4月第一版；香港版名为

《宋淇传奇》）和刘绍铭著的《爱玲说》（香港中文大学出版社，2015 年）。这几本书都与张爱玲的魅影（在我看来）和魅力有关。《宋家客厅》和《中国现代小说史》里论述张爱玲的篇幅最多；在后者中，刘绍铭等执笔的多篇序言或跋语，也全都提到张爱玲。下面我主要谈论的是刘绍铭教授的《爱玲说》。

夏志清有张爱玲写给他的一百多封信，宋淇夫妇和张爱玲之间的通信有六百多封。“信”是有缘，刘绍铭与大小说家结缘，《爱玲说》里说他手上有张爱玲给他的信，是 1966 至 1967 一年之间的，“竟达十八封之多”（页 15）。以总数量而言，十八封信有十八个罗汉、十八般武艺一样的幸运数字，却不能如宋淇和夏志清那样称雄；以密集度而言，一年而十八，宋、夏大概不能和刘比多。为什么密集如此，原来与张爱玲的稻粱谋相关。

刘绍铭为困窘的张爱玲奔走

夏志清激赏张氏作品，其兄夏济安翻译弟弟论张的鸿文，“夏先生的品题，使得我们对张爱玲作品的看法，耳目一新”；刘绍铭且是夏济安的门生，为经济困窘的大小说家奔走，遂义不容辞。多番努力后，当年在俄亥俄州迈阿密（Miami）大学教书的刘绍铭，为张爱玲谋得“驻校艺术家”一职，为期七个半月，月薪一千“大乐”（dollar）。刘的月薪才靠近六百。但张并不快乐，她与校方相处，关系也不美好。张莅临了，迈阿密校长为了表示隆重，特设晚宴招待，然而张爱玲“这个贵宾迟迟赴会还不算，到场后还冷冷淡淡，面对校长请来为她‘接风’的客人，爱理不理”（页 20）。

她不与人交际，或不会与人交际；她孤独，或不得不孤独。她自己知道，别人也都这样说这样写。张爱玲在小说中表示她人情练达、人性洞悉，而在实际生活里，却是个 misfit（不能适应者），至少是个 L′étranger（加缪著名小说篇名，英译为 *The Stranger*［陌生人］或 *The Outsider*［局外人］）型人物。我不知道有没有人用过 misfit 或 L′étranger 来形容张爱玲。

在《爱玲说》中，有两个名词所含的意味，更为负面：“张小虹对这个因张爱玲生前死后引起的‘文化现象’用了两个既残忍又 brutal 的‘学院派’名词作界定：一是‘嗜粪’（coprophilia），一是‘恋尸’（necrophilia）。”（见本书的序）这两个名词的产生，和戴文采女士有关：张爱玲在世时，她千方百计挖掘张氏生活的实况与隐私。刘绍铭说“这两个名词听来恐怖”，诚然诚然。某些“张迷”有此等行为。

刘拾遗选美：“生命是一袭华美的袍，爬满了蚤子”

我们没法躲张爱玲的魅影，其魅力也没法挡。刘绍铭读夏论而对张氏作品“耳目一新”，而更爱读之，而在大学的讲堂教之，而为文论之，而从事学术研究之，就因为她的作品深具魅力。张爱玲的一些“人生体会，卑之无高论”，众多张迷迷其作品，“靠的是张爱玲‘化腐朽为神奇’的文字功力”，其书写有一种带领读者“曲径通幽”的本领（页 30—31）。刘教授拿的是比较文学博士学位，他对《倾城之恋》等篇的评论，常常通过中西文学的比较，在细处见功夫。例如，他对傅雷之评论范柳原不太能苟同，而认为我们可以把他“作为乱世的‘空洞的人’来看”；如此，就可以看到张爱玲塑造这“小智小慧”男人形象的成功。刘引了艾略特的名诗“The Hollow Man”作为比照（页45—46）。顺便一提，刘如实地称傅雷是张爱玲的第一个知音，早于夏志清的。

宋以朗在其《宋家客厅》中说“我家里有几十本不同的张爱玲传记”（页185）。笔者不是张迷，不是张学学者，看到这个数字，不大吃一惊，也小觉一奇。张学这门显学，还有什么没有被发掘、被研究的呢？还有什么可以拾遗补阙的呢？应该是有的吧，还是有可以搜罗的吧？《爱玲说》里面的《张爱玲的散文》和《张爱玲的中英互译》两篇文章最长，且具学术论文体例，显示作者的文学批评家与翻译家的本色，应是张学体系中很有分量的论文。

张爱玲散文的喜爱者也很多，刘拾遗认为最能显出其散文本色的是少年张爱玲那句“生命是一袭华美的袍，爬满了蚤子”。我这里补缺一下：“华美的袍”是魅力所在，而“爬满了蚤子”就是魅影了。张爱玲的粉丝和知音都知道，这位大小说家不但中文极好，英文也极好；她翻译过不少作品，包括自己的小说。然而，刘拾遗本人和他的同行，都认为张氏一些人物对白的翻译，“听来有点不自然”，“People don’t talk like that”（页102）。译事难，外语要学到出神入化更难，这是一个很好的例证。

夏济安为夏志清的高评降调

在对张爱玲文学成就的评价方面，有一个翻译问题，不知道有没有人发现出来。“生命是一袭华美的袍，爬满了蚤子”是张的隽句，夏志清《中国现代小说史》的名句之一则为“张爱玲该是今日中国最优秀最重要的作家”；夏氏这名句引用的人很多，与之商榷的人也不少。评价的高低这里不表，我要指出的是：夏氏原著的语气与此有别，原著是肯定地，甚至是斩钉截铁地说：“Eileen Chang is ... the best and most important writer in Chinese today”。信实地翻译原著，是“在今日用中文写作的作家中，张爱玲是最优秀最重要的”，原文没有译文“该”字表达的“大概”的意思。夏志清推崇钱锺书的《围城》，《中国现代小说史》原著写道：“*The Besieged City* is the most delightful and carefully wrought novel in modern Chinese literature; it is perhaps also its greatest novel.”他用了 perhaps 即“大概”“可能”之意；论及张爱玲时，并无“大概”或“可能”。

夏志清之激赏张爱玲，至矣，无以复加矣。论张爱玲这一章，基本上是夏兄夏济安翻译的。我猜想，夏济安翻译时可能有这样的心情：吾弟识力卓矣，读书博矣；然而，张爱玲的成就真有如此巨大吗？吾弟这样评价她会引起非议吗，不如把语气略为降温吧？他斟酌后决定为弟弟降温。夏济安翻译时改动了弟弟的原意，这个事件值得从话语学的角度加以研究。刘绍铭是夏济安教授的高足，与夏志清与张爱玲又深有交往，又是翻译家，应是这项研究的不二人选。

张爱玲“传奇”说不尽

《爱玲说》有很多精彩的张学话语，“她的作品和身世尽是传奇”（页 168）是其一。1500 年前的《文心雕龙》早就说过“俗皆爱奇”，其实高雅之士也爱奇。刘氏告诉我们，夏志清《张爱玲给我的信件》前年推出，一两个月内就印了五次（见刘著序言）。《宋家客厅》中关于张爱玲的篇幅最多，宋淇多有她的传奇性述说。张学学者爱述说，张迷或准张迷爱聆听，“尽是传奇”的张爱玲“传奇”不尽，张学哪能不蓬勃?

刘绍铭一向“以文为论”，即是用散文的笔法来写评论，风趣机智地以隽笔“娱乐读者”（汉学家宇文所安的 entertain an idea 说即有这样的目的）；《爱玲说》里面的张爱玲传奇，不管是魅影还是魅力，我这里并没有介绍完，当然也没有议论完，像《倾城之恋》开头说的有“说不尽的苍凉的故事”。合上《爱玲说》，封面的张爱玲肖像一点不苍凉，其艳丽处，简直与书房窗外的艳阳天争斗华美。

写于 2015 年夏

刘绍铭：著名弟子传老师芬芳

香港中文大学出版社近年推出了夏济安、夏志清兄弟的十多卷著作。先对这大手笔数一数有多少“笔”：夏济安的《黑暗的闸门》（中文及英文版）、《夏济安译美国经典散文》（中英对照，2016年出版）；夏志清的《中国现代小说史》（中文及英文版）、《中国古典小说》（中文简体版及英文版，2016年出版）、《夏志清论中国文学》（2017年出版）；以及《夏济安夏志清书信集》简体字版共五卷。这些书的出版，少不了刘绍铭教授的推荐、策划、校订和撰写前言后语。

刘绍铭在台湾大学外文系读书时，夏济安是老师。后来他到美国印第安纳大学攻读比较文学博士学位，同时成为老师弟弟夏志清（哥伦比亚大学教授）的私淑弟子；受夏志清论著的教益以至亲自启导，用“良多”来形容可能不够。刘绍铭学成教书，著译丰硕，成为讲座教授，令名远播，而一直治学不辍，仿佛满心欢喜地与文字签订了终身合约。

承他厚爱相邀，1981年秋我在他任教的威斯康星大学客座。这位对酒精（alcohol）不无好感、得祖先刘伶小小真传的刘教授，予我工作狂（workaholic）的感觉。每周教学只有几个小时，但他每周五六天以至六七天，天天朝八晚五或晚六，把自己关在研究室里，埋首于哈姆雷特王子所说的“文字，文字，文字”。

大概每周一次，最多两次，五点钟了，他来敲我研究室的门，说："维樑，我们'快乐时光'去！"在酒吧里，快乐时光一般是五点至七点两个小时，所有饮品半价；我们去的那一家，煮熟去壳冰镇大虾，每只只卖二十五美分。我们饮酒啖虾，"快乐"一番。二人谈话，免不了感时忧世，白桦的《苦恋》伴着马丁尼的涩味。

大自然的山河，只在刘绍铭乘搭飞机时高空中经过，他喜爱文字的山河。在美国教书时，趁开会或探亲到台北或香港，未到酒店，先到书报摊把爱读的报纸杂志，量购一大叠，到了房间就饕餮起来，以解文化的乡愁。

他的文字工作除了学术论著之外，还有翻译、编辑和杂文写作。翻译以英译中为大宗，曾有"翻译以言志"的理论。所编译的中国古今作品选，所主编的当代文丛，卷帙甚繁。杂文的写作，紧贴时代文化，书香袅袅，文笔机智中时现老辣之风，点赞者众。

他从最高职级的教授位置上退下来，可以从此享受无限量的"快乐时光"，却退而不休，不休的工作之一是上述所说促进二夏著作的出版。例如，他校订《中国古典小说》中译本（夏志清原著为英文），"前前后后花了半年多的光阴对照细读文稿"。对于英文原著的《中国现代小说史》的翻译和出版，他又翻译又编校，先后在香港、台北、上海推出了最少五个版本。2015 年香港中文大学出版社的最新版本，刘教授创下了一项纪录：本书的前言和后语，一共收有他写的长短 5 篇文章，其中一篇是英文的。

赞叹公孙大娘“晚有弟子传芬芳”的杜甫，九泉下知道刘绍铭这样为两位老师的书竭心尽力，必定对二夏羡慕不已。“弟子传芬芳”并不少见。近得陆晓光的《王元化人文研思录》（华东师范大学出版社，2015）一书，芬芳扑鼻；刘勇强谦称其《中国古代小说史叙论》（北京大学出版社，2007）是交给先师吴组缃的“一份作业”，则是继承老师的未竟之业，也可说是一种尊师、传师。但老弟子（刘绍铭是一位“30后”）而仍然如此传师的，向来罕有。

夏志清严肃做学问、写文章。他评小说，获得“夏判官”的绰号，晚年“倚老卖老”，得“老顽童”之称，常常说自己聪明，自己伟大。年前夏公生病住院，对来探视的后辈说：“我不怕死，因为我已经不朽了。”（原话是英语：“I am not afraid of dying. I am already immortal.”）在佳作杰篇涌现的世代，文章是“不朽之盛事”这样的话，今天的“曹丕”不敢轻易说了。夏氏昆仲有不休的老弟子孜孜为其著作传播，如此“不休”使“不朽”加添了可能性。

写于 2017 年 8 月

王蒙杂色：人文语乐

其人

王蒙在纽约市讲了一个惊动人的故事。有人说他的作品已不受欢迎，惹出王蒙的话来：国内一个青年热爱他的小说，很想亲炙他，却绌于旅费，乃卖血，把得来的钱买机票（或者火车票），到北京拜访王蒙。这个故事表示王蒙仍受爱戴，仍然著名。它含有“恐修名之不立”的心情，这种心情不因作家身在资本主义社会或社会主义社会而有异。这个故事是我在一个会议上亲耳听王蒙说的，它载于我31年前写的《恐修名之不立》一文。我于1982年，从香港飞到纽约参加一个当代中国文学研讨会，在会上初识也是“惊识”这位著名小说家，听到上面说的故事。

1982年之后31年，即2013年4月16日，香港作家联会为王蒙和白先勇举行欢迎晚宴暨演讲会，我与内子陈婕从澳门赴会，又一次与王蒙会晤；同年6月上旬，杭州有王蒙创作60周年研讨会，我“单刀”赴会。在1982至2013这30余年间，还有数不清的见面、开会、听他演讲，甚至与他“共事”，谈笑甚欢，有喜而无惊，有照片且有微博微信为证。说N次有点夸张，大概是10次吧。历次接触的地点不同，有纽约、北京、青岛、香港、澳门等；时间长短不同，从一两个钟头到三四个星期都有。春夏秋冬晴雨炎凉都有相处，但觉即之也温，即之有益也有趣。其人见识极广，时事与旧闻，中外与古今都涉及，言谈非常风趣——风趣幽默仿佛成为他的“商标”；偶然加插英语单词或句子，发音正确如美人——我说的是美国人。我“注册专利”地称人生50—80岁为“华年”阶段，1982—2014正当王蒙的“华年”，他风华正茂，风华仍茂，活力充沛；尽管已在“后青春期”，但他常葆青春，因为青春万岁。

其文

初识其人之前，已识其文，从《组织部来了个年轻人》开始，或持续或断续地读，一直读到快要读的《这边风景》。观其人，读其文之后，或抒发感想，或撰写学术论文；我先后发表过《恐修名之不立》（1982年）、《王蒙小说〈布礼〉三读》（2003年）、《王蒙与诺贝尔文学奖》（2009年）、《王蒙莫言诺贝尔》（2012年），其中《王蒙小说〈布礼〉三读》是我个人的“力作”，以下的数百字是该文末段：

> 何西来说“王蒙是现代中国文学史上为数不多的大作家之一”，张学正说王蒙是“一位文学巨人”，朱虹更说“王蒙是中国目前健在的作家中最重要的”。王蒙集中其时间和精力于文学活动，特别是文学创作（王蒙说“集中时间和精力也是一种天才”），其广博丰美的表现是惊人的。

> 小说、散文、诗歌、文学评论的写作，他都手挥“五笔”，点击生辉。这位多面手、文学王国的大国手，其手工业的产量已逾一千万字，既内销，也译成多种语言通行于世界各国。王蒙的忠实读者，以及研究他的专家，当然阅读且再阅读他一千万言的作品。一般的非忠实读者、非研究专家，力有不逮，读不能遍，则只能望着他文字的瀚海，先取一瓢而饮之，尝尝其滋味。如果六百多页的《王蒙代表作》一时未能全读，则《布礼》以其本身的意义、以其在王蒙作品中的重要性，以其在中国二十世纪小说中的代表性，值得我们先窥此斑。一般的读者，可向《布礼》投以深切的注目礼，借以理解、品味王蒙，从而进入王蒙文学的繁富世界。文学高手、多面手以至大国手，以小说称雄的王蒙，既发表过新诗篇，也出版过旧诗集。此文写毕，我突然也“怀旧”起来，口占五言四句，作为小跋：“布礼几重读，风云三十年；王蒙千万语，要义此篇存。”

看其文，王蒙乐观、宽容、知足惜福，博爱人人事事物物，当然也有态度严肃严峻的时候，政治社会自然历史哲学艺术人性尽在其中。他写小说用夹叙夹议的方式，议论滔滔（这与上面提到的白先勇的“客观”“克制”风格是两个路数）。他是位博大型作家，多情、深情、浪漫。在小说《歌声好像明媚的春光》中王蒙写道：“我的印象是俄罗斯的男高音比意大利的要柔软些，我相信俄罗斯的历程里虽然有许多粗犷，但本质上他们绝对是温情和浪漫的。”我可用“本质上……绝对是温情和浪漫的”来形容王蒙。

王蒙去年出版的小说是“出土文物”《这边风景》。毛泽东的《清平乐·会昌》说：“东方欲晓，莫道君行早。踏遍青山人未老，风景这边独好。会昌城外高峰，颠连直接东溟。战士指看南粤，更加郁郁葱葱。”王蒙熟读毛泽东诗词，他的小说《这边风景》与毛氏词句“风景这边独好”应该有文本互涉（intertextuality）的关系；毛氏此词写于 1934 年，王蒙正好于此年出生，用“这边风景”为书名又多了一重意义？且容后观察之。“文学巨人”的书写，文倾江海，卷帙浩繁。洋洋大观的作品，对随意随缘“悦读”的王蒙粉丝来说，是重礼；对专心致志“细读”的王蒙研究者来说，却是重担了。

其语

王蒙的语言有一个特色，它如庄子的恣肆，是韩潮苏海，是充盈着排山倒海排比句式，是郜元宝所说的那种“几乎胀破结构的长句”，是丁玉柱说的“情感轰炸机投下的集束重磅炸弹给读者造成了强烈冲击波”的语言。王蒙因这种句式的大量使用而成为文体家（stylist）。这种句式在少作（19 岁时写的）《青春万岁》中已见端倪，在 1979 年“二度青春”昂扬的《布礼》里，更火爆而泉涌。青春是勃发的、充沛的、澎湃的，气势如虹、如万马奔腾、如钱塘江之潮。青春是壮观、豪气。排比句正象征青春的气盛、青春的勃发。

王蒙学语言也有一个特色，就是多学、苦学、活学。他学了汉语（这不用说）、英语、俄语、维吾尔语、土耳其语等等，可用这些语言讲话以至演讲，因为他苦学而又活学，从少年青年到“华年”。学语言、学知识、学事事物物，是他的生活。在《王蒙自述：我的人生哲学》中他说：学习是“我的人生主线”；“我为什么没有自杀？”因为学习；学语言让他多几种生存与创造的“武器”；学语言乃为了寻找人生的“登机通道”；学语言让他“多一种享受，多一种人生”。他说：学习是我的骨头；我是学生；学习是人生的“第一智慧”与“第一本源”；思想美丽；学习着也是美丽的。生活是最好的“辞典”与“课本”；学无崖思无涯其乐亦无涯；学识是宇宙隧道里前行的智慧之灯。

每年6月上旬，对万万千千应试的青年来说，是残酷的日子；之前年年月月的学习，是逃不了的艰苦现实。在王蒙眼中、心中、生活中，学习却是最浪漫的事。强调学习，王蒙有下面的六最、六是、N不：

> 学习最明朗，学习最坦然，学习最快乐，学习最健康，学习最清爽，学习最充实。特别是在逆境中，在几乎是什么事都做不成的条件下，学习是我的性命所系，是我的能够战胜一切风浪而不被风浪吞噬的救生圈。学习是我的依托，学习是我的火把，学习是我的营养钵也是我的抗体。学习使我不悲观、不绝望、不疯狂、不灰溜溜也不堕落，而且不虚度年华……

《王蒙自述：我的人生哲学》论及学习的篇幅约二万字，这是我所见，用“说者，悦也”（见《文心雕龙·论说》）的散文笔调论学习，最酣畅、最雄辩、最明彻、最有力、最伟大——让我加上另一最而成为六最——最王蒙的奇文。拙作记述最近的生活有这样一段：

> 2012年秋天王蒙到澳门大学访问，担任一个月的“驻校作家”。衡儿幸运，一个月内多次与王蒙爷爷见面、合照。王蒙说过多次，学习是他的硬道理、硬骨头。我深然其说，并以之教子。

其乐

于是转入王蒙之歌之乐这个话题。我向来对文学理论有兴趣，文学理论涉及音乐性（musicality）即《文心雕龙》所说“声律”“宫商”的论述。诗、文作品尤其是诗歌的音乐性较易析评，小说特别是长篇小说，就常常令论者哑口搁笔了。直到我读了王蒙的“长篇小说的结构如同交响乐”说，我惊叹道：高论宏论在此！王蒙写道：

> 我愈来愈感到长篇小说的结构如同交响乐，既有第一主题，又有第二第三主题，既有和声，还有变奏，既有连续，有延伸、加强、重复又有突转与中断，还有和谐与不和谐的刺激、冲撞……结构的问题，主线的问题，与其说是一种格式一种图形不如说是一种感觉，对于小说写作的音乐感韵律感与节奏感是多么的迷人！像作曲一样地写小说，这是幸福。什么地方应该再现，什么地方应该暗转，什么地方应该配合呼应，什么地方应该异军突起，什么地方应该紧锣密鼓，什么地方应该悠闲踱步，什么地方应该欲擒故纵，什么地方应该稀里哗啦……全靠一己的感觉。写作

的人怎么会没有这种感觉呢？

他还有钢琴和小提琴之喻：

我不会演奏任何乐器，然而我的写作是真正的乐器演奏。写《青春万岁》，我的感觉是弹响了一架钢琴，带动了一个小乐队，忽疾忽徐，高低杂响，流水叮咚，万籁齐鸣，雷击闪电，清风细雨，高昂狂欢，不离不即。而写《组织部来了个年轻人》是一架小提琴，升天入地，揉捻急拨，呼应回环，如泣如诉，如歌如诗。

王蒙重视文字的音乐性，锱铢必较。下面所述令人讶异，他简直是在写格律诗：

《青》书的写作中我一直是沉迷其中，我背得下每一段，我不但设计人物，情节，场景，道具，而且在不断地不出声的或者读出声来的背诵中，我掂量每个字的平仄，声母与韵母，圆唇与非圆唇音，我要求它们的舒畅，婉转，幽雅，洁净和光明。（以上诸段引自《半生多事》）

王蒙的另一“乐”事是对音乐的大喜爱，他津津道“乐”：

2007年我又增加了一项活动，上午大体写作，下午游泳，不游泳时玩保龄、乒乓球、克朗棋，晚上在滨海道上散步，回室后用电脑听在线歌曲，听百度和谷歌MP3。多少老哥儿呀，苏联，苏联歌曲《遥远啊遥远》《纺织姑娘》《在森林和原野上》等许多年没有听的歌曲乐曲，我算是听了个美。……

我曾经在美好的歌乐声中度过青春。我曾经在强横的与夸张的引吭高歌中困惑地迎来中年。我期待着盼望着苦笑着在时而陌生时而兴奋的歌声里度过了夏天。我在一片大合唱中迎来了新的季节。我期待着大雪纷飞，我期待着在最美好的音乐中度过秋天，走完自己的人生之路。我运用现代技术CD、MP3、互联网等为自己举行了、还要多次举行几次王某七十年纪念音乐会，半生多事、大块文章九命七羊的怀旧音乐会。虽然简陋，仍然深情难忘。（以上引自《九命七羊》）

在小说《歌声好像明媚的春光》中他歌颂歌声：

我唱这个歌的时候哭了，我想起原先我大概已经听过这个歌儿和这个曲调了，这个故事下面再讲。我想我永远爱这个国家这个民族这个人民，斯大林错杀了许多人也好，赫鲁晓夫胡说八道也好，《青年近卫军》的作者开枪自杀也好，西方国家骂它个狗血喷头也好，它的先进技术搞得都是傻大憨粗的玩意也好，反正它的歌太好听了。一个唱着这样纯洁和激情的歌曲的民族永远是可爱的，我永远爱它。……

喀秋莎走在峻峭的岸上，歌声好像明媚的春光。而年轻的纺织姑娘，永远坐在窗旁。青春会逝去，友谊会碰上难测的政治风云，口号会生锈，连爱情也会衰老。只有歌声，永远与太阳同在，将将沉寂，立即重现光辉。明媚如春光的歌声就是牢不可破。

写于2013年5月，此文为是年8月10日“浙江工业大学王蒙创作60周年学术研讨会”的发言稿

剑河闪烁着金光

——重读金耀基《剑桥语丝》随笔

《剑桥语丝》的形象思维

最近重读金耀基先生的《剑桥语丝》，此书先后印了共有五六版，论“印次”则更多。书中十多篇文章叙事、写景、抒情、议论兼具；剑桥大学这俊秀的主角之外，牛津、哈佛、海德堡以至 M.I.T. 也在书中作“友情演出”；宏论卓识之外，诸校的正史、逸闻加插其中，文笔雅健；文字之外，其中一个版本还有 Mackenzie 等的插图；真是本十分丰美的书。

写作《剑桥语丝》时，金耀基刚过了四十岁。我想他从青少年开始，已知道什么是创作的美学要求。这位社会学学者、教育家，也是位作家。好的作家要“状难写之景如在目前”，要“寓情于景”，要“情景交融”，要用“形象思维”；这些他全会了，全用了。这要不是由于他读小中大学时受过文学的教育，就是他颖异，在读文学作品时自己悟出来的道理。

古今论者谈诗的结尾，所谓 poetic closure，重视“以景收结”的做法。这次重读《剑桥语丝》，发现谦称“不会吟诗”却有诗的“冲动与联想”的作者，笔下有丰富的形象语言之外，诸篇多有“以景收结”者。本书的《自序》是这种尾结的首例：“我似隐约又听到那三一巷传来的亘古钟声，又看见那晨曦中纤纤柳丝间剑河的冰清玉洁……”首篇《剑桥所见、所思》和次篇《雾里的剑桥》也如此。以景收结的“景”不一定都是风景、景物，也可以是有色相有声音的故事:《雾里的剑桥》结尾是大诗人、《失乐园》作者弥尔顿（John Milton）与一少女的浪漫乐园式传奇。“形象大于思维”，以形象语言收结，文意或诗意往往袅袅回荡，常有“文已尽而意无穷”之效。

亚里士多德认为作家创造比喻是天才的标志，宋代的陈骙则说：“文之作也，可无喻乎？”金耀基描述剑桥与牛津时，引述牛津十九世纪的名诗人马修·安诺德（Matthew Arnold）赞美他母校的比喻:“那座甜蜜的都城，她的无数如梦样的塔尖！”金氏笔下的比喻，如串珠出现：

> 真的，一排排，一行行，像石笋般挺秀的塔尖布满了牛城的天际，远远向上望去，每支石笋都似挺立云端的神像；牛津直似一座万神聚合的天城！假如牛津景色的精华是云端的塔尖，那么剑桥的精华便是飘过剑河美如彩虹的座座天桥了！如果说牛津是天城，则剑桥必是仙乡了！（《从剑桥到牛津》）

仙乡的剑桥，因剑河而灵动，因草坪而清丽；金耀基这样形容草坪：“剑河两岸的学院的草地像一块块蓝玉，像一幅幅锦绣。”（《剑桥所见、所思》）这是博喻（博依）。《礼记·学记》说：“不学博依，不能安诗。”金氏这里在“安诗”，在写诗了。他认为剑河轻盈地穿过两岸的诸多学院，“为这些男性化的建筑带来了妖娆与明媚”。

阴阳美学和大化手笔

“男性化”一词隐隐然道出了金耀基的阴阳美学，请看他的鸳鸯谱：“牛津的美阳刚，剑桥的美阴柔；牛津男性化，剑桥女性化。”女性化的剑桥中，又有她的雌雄同体，而这雌雄同体又引出了雌雄异声；金耀基复述剑桥校友、另一位大诗人华兹华斯(William Wordsworth)的感觉：三一学院礼拜堂的钟声，“一响是男的，一响是女的”。走笔至此，我不禁想起沙田大学校园的联合书院水塔和新亚书院水塔，曾惹来校内师生这样的视觉比较：一个水塔是男的，一个水塔是女的。

在金耀基的阴阳美学中，他似乎倾向于厚爱女性，至少他对女性有较多的描写：

> 到牛津探访，即使在行色匆匆中去来，你一招眼，便会被他的雄健的霸趣所震动；你不可能逃过他逼人的具有震撼力的美的照射。但是剑桥就完全不同了。设若你不能轻轻地悄悄地去寻觅，你可能过了她的门口还不懂剑桥的秀名来自何处。剑桥的调子是轻柔的、徐缓的，她不稀罕你赞美，她大方高贵中还带几分羞涩。她不太高兴观光客的骚扰，她只欢迎旧雨新知的来临。

在《从剑桥到牛津》中，他继续工笔细腻的书写：“在云淡风轻的午天，在夕阳初斜的傍晚，从容地体会她的色相……”

金耀基也擅长《文心雕龙·体性》说的“精约”笔墨，他这样评点剑桥大学各个学院的风格：

> 有的庄严宏伟（如三一），有的秀致高贵（如克莱亚），

> 有的庞大（如唐宁），有的娇巧（如克兰亚）；或具大家风范（如纽南），或是小家碧玉（如鲁茜、开温第士），或有王家气（如王家），或具平民味（如丘吉尔）。

这样的概括，略如中国传统诗文评“李白飘逸、杜甫沉郁”“唐诗如酒、宋诗如茶”的印象式话语。我 20 世纪 80 年代曾在牛津、剑桥有半个月的居停，闻见并不周全；同意不同意金氏的博喻、他的阴阳美学、他的印象概括呢？我不得不佩服他大而化之的大手笔。

地灵还是人杰?

细说也好，概括也好，金耀基金笔一挥（金先生至今不用电脑），辞采耀目的文章是有充分的史料基础的。从名为康桥到名为剑桥，这所英国古老名校吸引了无数中华知识分子；徐志摩、陈之藩、金耀基、吴霭仪的剑桥大学书写中，金氏《剑桥语丝》的知识含金量最大。他 20 世纪 70 年代在剑大作一年的访问研究，除了社会学等人文社会科学本行的书之外，剑大的正史、稗史读了多部，因此笔下除了感性的体验之外，还多有知性的记述和议论。书中对“剑大”以至“牛大”的杰出教授和校友，其正事和轶事，道来如数家珍。

对钦佩的剑桥人，金氏几乎表示了“英雄崇拜”的情怀。金氏在台湾大学受教育，后赴美深造，之后在香港中文大学新亚书院任教，学贯中西，谙熟西方文化；剑大一年，他完全没有“文化震荡”之感；身在英伦，一无“离散”（diaspora）的

“太息啊不乐”之情。他全情体验、拥抱剑桥，其深情比起“在康河的柔波里，/ 我甘心做一条水草”的徐志摩并不稍逊。

说金耀基拥抱、崇拜剑桥、牛津，不如说他拥抱、崇拜知识、文化。在《剑桥所见所思》及其他篇章中，他或隐言或显说，两所大学的人杰增益了校园的灵秀之气。他问道：“没有那些几个世纪以来从学院的拱门中走出来的大学者、大科学家、大诗人，剑河会不会那样秀丽？会不会那样有灵性？会不会那样秀名远播，引人慕艾？”答案自在他的心里。

先在剑桥取经，后任新亚院长

《剑桥语丝》中的文章，大力描述剑大以至牛大的地灵人杰；对剑大以至牛大的种种典章制度，对它们重视知识、重视自由、重视传统的教学风格，特别是富有特色的书院制度，他加以介绍、推许，更见力度。金氏在剑大访学一年，返回香港中文大学，就任新亚书院的院长。港中大的书院制，乃汇合中国古代书院和英国牛、剑而来。金耀基在剑大观摩，习得一手好“剑术”，上任后“取镕经意，自铸伟辞”（《文心雕龙·辨骚》），其主持书院的表现，是兼容中西文理、优雅灵动；书院的文化学术品位，节节提升。他把书院行政这把宝剑，舞得“浏漓顿挫，独出冠时”。年前我在《新亚与我：中国心、香港心》中写道：

> 最近几年，经济发达的广东省及其大城深圳市，分别有以“文化立省”和“文化立市”的发展鸿图。金耀基教授任新亚院长那几年，我相信他的施政策略就是“文化立

院”。上述的《新亚生活》、《新亚学术集刊》、“钱宾四先生学术文化讲座”、云起轩晚餐聚谈，除了既有的《新亚生活》，都是金院长开发的“创意”文化产业。

担任院长多年后，他升任中大副校长，以至校长；新亚院长由后继者接任，传其芬芳。在《新亚与我：中国心、香港心》中我还这样说：

> 金院长既有创意，亦擅创作。他的《剑桥语丝》和《海德堡语丝》二书，是文化散文的佳构。“文化散文”因为1990年代内地一散文家的文集而名噪。金氏二书，早于此而出版，可说已先创下了金氏纪录（香港称“健力士纪录”，大陆称“吉尼斯纪录”，台湾称“金氏纪录”）。《剑桥语丝》和《海德堡语丝》列入我当年主编的“沙田文丛”，更使我深感荣幸。

金体文・剑河金光

董桥任《明报月刊》主编时，刊登金氏的剑桥散文，以“金体文”一词，称其特色文体。金耀基的学术著作，论中国的现代化、大学的理念，论香港殖民地时代政治上突出的“行政吸纳”（administrative absorption of politics；这是像铸造金币一样的金氏铸造词语）现象，这些是他作为社会科学学者的当行本色；其“金体文”创作，则为金氏增色。我认为应另增一色，就是他的另一种“金体文”：金体书法。他的书法是一种“秀金体”，秀雅俊逸，笔法中回锋之蕴藉、撇捺之曼妙多姿，令人赞叹。

大诗人华兹华斯近八千行的自传体长诗《序曲》(*The Prelude*),其第三章缕述剑桥生活及其启示,其中对自然的体悟,影响诗人一生的思想。金耀基在剑桥的生活及其启悟,我相信对他也有深远的影响,特别在大学及其书院的理念和行政方面。他任书院院长那些年,我在中大教书,隶属该书院。他强调文化本位,其兼容中西文理、优雅灵动的主政风格,我深有体会,深为佩服。

书院制为大学的一种建制。大学教育的重要、大学办学该有的理念,是金耀基数十年来所慎思、明辨以至笃行的,对此他始终萦回于怀。他矢言中国的现代化离不开办好教育、办好大学。今年春天在一个访谈中,他重申这个观点:“中国要成为世界第一,没有一百间一流的大学,免谈。为什么?将来国家的硬实力、软实力基本上都来自大学。”

《剑桥语丝》自1977年初版面世,我已阅读多遍;每次都得益,都享受到高雅的趣味。20世纪80年代我参观剑桥,拍得剑河夕照金光杨柳的丽景。重读此书,徐志摩《再别康桥》中“那河畔的金柳”映现眼前;眼前耳际更多的是金耀基的“三一巷传来的亘古钟声,……晨曦中纤纤柳丝间剑河的冰清玉洁”,那些剑桥之子的故事、那个剑大既旧且新的传统的点点滴滴,以及篇章中灿灿的金体文采。剑河闪烁着金光。

写于2013年9月

老校长金耀基“最难忘情”

“飞天”展书法

去年夏天专程到沙田的骏景园拜访金耀基校长，请他为拙著新书《文心雕龙》题写书名。他告诉我一个消息：2017 年春将举办个人书法展。一边说，一边在手机上显示几幅近作，让我得以快乐赞叹地先赏。

果然，在三月，春和景明，中环的商厦丛里萌添了文艺的绿意。耀基先生卸任香港中文大学校长至今十多年，一直有重要活动：挥毫。本来他已是散文名家，董桥称其剑桥与海德堡篇什为“金体文”。本来他已常为书刊和建筑物题字，现在有另一种“金体文”了。

在此次“金耀基八十书法展”所见，楷书、行书、行楷俱备，大中小字都有；对联、佛典、诗词、今人隽语以至金氏本人的散文（包括《中国文明的现代转型》和《海德堡语丝》）名段，多元并展；以百幅计的墨宝，蔚为大观，而且都是“80 后”作品。现年 82 岁的老先生，其创作看来有 80 后的刚健魄力。其实不只刚力，还有柔力；即是兼有 hard power 和 soft power。金教授青壮年时打网球，大概因此练就其刚力；柔力呢，是天生所有，也可能是为人、为学、办行政所磨炼出来的吧。他自言王羲之之外，汲取历代各家之长，而受敦煌壁画"文殊变""普贤变"的飞天笔法影响很大。当然，一如所见，其笔触间尽现"己意"；换句话说，他"取镕经意"后"自铸伟辞"（《文心雕龙》语）了。那一天我和内子在集古斋的展厅细细观赏，深佩其笔画秀劲，结体与行气均善，满有飞天的潇洒飘逸，不同篇幅如汉高祖的《大风歌》、汉武帝的《秋风辞》、李白的《独坐敬亭山》所见，其"飞"字笔画变化，各尽其灵动姿态。他的书法已成一家，可谓："飞天妙气韵，金体逸风神。"

去年拜访老校长时，无意中发现他的指甲有点乌黑；最近读专访文章，乃知他练起字来，可以一天五六个小时不停。

写于 2017 年春

"最难忘情"是故人

金耀基教授最近一年多之中，在港沪京三地先后举行过书法展览，又中文又英文先后出版了三本书；在火热的七月，第四本也出来了，是牛津出版社的《最难忘情》。这位"80 后"老校长真"牛"，我读这册新书也真"津"津有情味。

新书写的多是故人，如高锟、丘成桐、许倬云等。金耀基最能婉转地乐道友人之善。他美言许倬云的"剖析锐利和博知多识"；许对现代文明的批判呢？金来一句"不论你同意或不同意……"。金教授和丘成桐交往多年，认为这位杰出的数学家"充满诗情"；一般人认为数学枯燥抽象，丘的"弦论"却是“美妙神奇”。形容丘成桐，他想起浪漫诗人济慈的名句“美是真，真是美”。

金写高锟最为深婉动人。2009年高锟获颁诺贝尔物理学奖，以其发明的光纤“形塑今日网络社会基础”；“现时全球光纤十亿公里长，可围绕地球二万五千周”，“文字、音乐、照片和录像，不足一秒可传递全球”。然而，荣誉公布时，这位科学家老人痴呆症状显著，惘然难以知其荣耀了。高锟曾任香港中文大学校长9年，其中有7年金耀基任副校长（金后来担任中大校长）。共事多年，金深知高办学的贡献，更认为在人格方面，高是“中、西文化意义中的君子”。

1985年金耀基发表《最难忘情是山水》一文，现在是“80后”的老校长，最难忘情的是什么？是亲人与友人，以及相关的学术文化。本书“时有珍珑美句”，“赞匠人、匠心、赞工匠之艺术造化”，是金氏晚霞绚丽之作。近年金教授这几本书，最能为“这个世界增添光辉与温情”。

写于2020年7月

大学“这美丽的东西”

新冠病毒的阴影中，最近有人慨叹“藤校”已变为“电大”，更怀疑大学存在的价值。在这非常时期，我读到金耀基教授刚出版的《大学之理念》。此书收录金氏1977年以来所写论述大学的功能、理想、制度、发展等十多篇文章，它风行各地，有多个再版和增订版。

作者受教育于台湾地区和美国，参访过欧美和内地各大名校，博览中外议论大学的著述，先后就任香港中文大学新亚书院院长、中大校长，本书是金氏综合理论和实践的思维结晶。作者指出，现代的大学由德国先领风骚，英美等国增益发皇，中国的大学是“横的移植”。他讨论：大学是学术象牙塔还是社会服务站？大学里教学和研究两者如何兼顾？大学变得愈来愈大，以至有 multi-university（综集大学）和 mega-university（超大大学），对庞然的黉宫如何经营如何保持素质？金耀基承认西方的韦伯（M. Weber）等众多学者“阐发大学之妙旨精义”影响了他的思考，蔡元培的“大典”和“众家”论、钱穆的“明德亲民”说，对他也很有启发。

大学之外，金校长对“现代化”理论深有研究，甚有建树。我曾不止一次目睹金教授手握烟斗，神情认真，炯炯目光专注，讲述对大学这建制的肯定和赞美；他在本书中写道：“大学之于中国现代文明秩序之建立，尤攸切相关。”

大学的存在价值自然无可怀疑。非常时期难免有“电大”的权宜设置，而“电大”也实在有其角色功能。不过，在弦歌声中，杏坛传道，同窗论学，亲切互动的大学风景，才真的美丽呢！金校长在本书中把大学称为“这美丽的东西”。

写于 2020 年 8 月

随诗直到夜郎西

——李元洛文义灿然的《绝唱千秋》

长沙人李元洛生长于湘，是名副其实的湘子。湘女多情，湘子更多情，多的是诗情。李白写过南湖，“南湖秋水夜无烟”；李元洛也写南湖，行吟湖畔，且自认李白是他的先祖，他的“血管里奔流的是他未冷的热血”。莎士比亚笔下的李尔王，身体每一寸都是王者之风；李元洛从李白那里得承传，血管的每一波都是诗潮，奔流到湖泊、海洋，滔滔汩汩，乃有他的《诗美学》《唐诗之旅》《宋词之旅》，乃有他最新出版的《绝唱千秋——绝句文化大散文》。

《绝唱千秋》缭绕着生于湖南和居留过湖南的千古诗人的绝句歌声。被贬到龙标、“才如江海命如丝”的王昌龄，在蛮烟瘴雨中，以友情疗伤。友聚，友散，伤感又来袭，只能这样自慰：

流水通波接武冈，送君不觉有离伤。

青山一道同云雨，明月何曾是两乡？

没有离伤？在古代，在靠骑马与行舟交通的8世纪，除非确知不久后有重逢之日，离别哪能不“黯然销魂”？杜甫晚年流离于湖湘，喜逢李龟年，这才解构了多年前的离伤：

岐王宅里寻常见，崔九堂前几度闻。

正是江南好风景，落花时节又逢君。

然而，逢君之后还是要别君的，又是“明日隔山岳，世事两茫茫”了。

多情湘子李元洛的深婉之笔，重现绝句所蕴含的离情别绪，更写出了从贾谊到谭嗣同这些湘人的慷慨悲歌。浏阳谭嗣同、《仁学》的作者，是李元洛所说的“撕破黑暗王国的一道雪亮的电闪”，绝唱出这样的悲壮：

雁声吹梦下江皋，楚竹湘铃起暮涛。

帝子不来山鬼哭，一天风雨写《离骚》。

可惜清初的金圣叹，听不到清末的“一天风雨写《离骚》”，若听到，一定会赞叹：不亦痛快哉！

李元洛的诗情弥漫着湖湘，更进而涵盖了神州的五湖四海。南京、苏州、扬州、杭州、绍兴、金华、武夷，以至江西、河南、陕西，都有李元洛“妙思”（Muse）的足印与笔迹。经由他而“活灵活现”的诗人，除上述的王、李、杜、谭外，还有王维、白居易、刘禹锡、李商隐、杜牧、王安石、苏东坡、李清照、岳飞、陆游、杨万里、元好问、金圣叹、黄仲则、龚自珍、秋瑾等等。在本书的《烟花三月下扬州》中，众诗人如群星会演于美景良辰。只看这一场璀璨的会演，已值回书价了。

《绝唱千秋》“将山水游记、文学评论、诗词札记、文化随笔及一般意义上的散文等多种文体因素融合一起”，可说是“杂色”（王蒙喜用此词）的、“混血”的文体，是非常出色的大块文章。王开林在本书“代序”中说，《绝唱千秋》有四个特质：身临其境的现场感、强烈的忧患意识、视野开阔学养深厚、语言富有质感。说得好，这是“四美俱”了。李元洛精于诗学，擅写散文，对语言的优美灵活运用倾力以赴。书中说宋代诗人杨万里讲究“活法”，李元洛就是“活法”高手：

杨万里是自然之子……我们且远去浙江的杭州，看他如何像一位顶尖级的画家，在西湖之畔支起他的画架，以丹青挽留湖光山色，将西湖的神韵手到擒来。（页198—199）

李元洛的足印和笔迹，更远至海南岛。《兹游奇绝冠平生》把苏轼在儋州的生活和诗篇，以及到儋州“朝圣”的当代文友的风仪谈论，都笔到擒来。《兹游》一文中有我。同游儋州，元洛兄以彩笔捕捉神韵，潇洒中见忧患，文义灿然。一代文豪诗宗苏东坡远谪海南，李元洛追寻其踪；“一片冰心在玉壶”的王昌龄远谪夜郎，李元洛追寻其踪。李白写诗寄赠王昌龄：

杨花落尽子规啼，闻道龙标过五溪。
我寄愁心与明月，随君直到夜郎西！

李白多情，自认李白为先祖的李元洛一样多情，诗情澎湃，诗思诗艺灿然，他“随诗直到夜郎西”！

写于2005年春

老古：文名远播，两袖清风

古远清的“六书”

与古远清初识，仿佛已是远古的事了。怎样个远古？至少是四分之一世纪以前那样悠悠远远。由古教授或古先生到远清兄到老古，称谓更变，而古远清其人其事其书，数十年不变。有一位诗人兼学者一生与诗为伍，曾戏称他自己五马分诗：读诗、写诗、教诗、评诗、编诗。老古则一人六书，不是《说文解字》说的六书，而是读书、购书、藏书、教书、写书、出书。苏东坡在《前赤壁赋》中说他在黄州“侣鱼虾而友麋鹿”。古远清在黄州之西的武汉“侣文字而友书刊”；简洁地说，是“侣书友书”。

老古研究华文文学30年，对台湾和香港文学的评述极多。每到台、港，不论何城何区，他都摇身一变成为蜜蜂，采购书刊；台、港出版的书，良莠不齐，他都视为齐放的百花，孜孜倾力采集，酿写成鸿文、专著。老古评诗歌、散文、小说、戏剧、文学批评，他对世界各地华文文学的接触、阅读、评述之广泛，环顾当今学者，罕有其匹。他对各地作家生平、文坛恩怨极感兴趣，是他“以文为本”正规评论之外“以人为本”的书写。

其《野味文坛》之类短文，大概比他的《香港当代文学批评史》之类大著更受一般读者欢迎，也为他挣得更多稿费，而他的稿费则用来买更多的书。老古的《香港当代文学批评史》《台湾当代文学理论批评史》一类力作大书，尽管不能“尽满人意”，其开拓垦荒之功，其写作、出版终达于成，却可使老古“无愧我心”。该感觉惭愧的是台、港学者，他们或无心或无力或无时间，总之就是没有写出这样的大书。

个人修史馆·“卓越的头发”

古远清这出品丰富的文学史家，可有其修史馆？有，就是他的书房。20 年前我在武汉的古府做客，客厅小而书房大，且书房书满为患，书斋已闹书灾了。20 年间，古兄的藏书必定与时俱增，滋长如热带雨林；真想知道他有何救灾的妙法，使一本一本文曲星、“妙思”（Muse）祝福过的书册得以安身。

我目睹过郑子瑜、夏志清诸位前辈书桌的杂乱，闻一多更有诗“自暴”其书桌的“丑陋美学”。老古浓眉大目，带客家乡音的普通话响亮豪迈，我想起怒发浓须的张飞。老古更有“卓越的头发”的佳话，实则“卓越的头发”是“昨夜的头发”，即睡醒后未经梳理的乱发，和照片中闻一多的头发差不多。闻一多曾在武大教书；在武大毕业的当年小古，见贤思不齐乎？不齐者乱也。二十年前我没有注意过老古书桌的秩序，它是否和闻、郑、夏诸公一样，桌上书刊文件信件堆栈如山丘，只剩下眼前 A4 大小的空间供其主人驱驰挥笔？不得而知。老古称其写作为爬格子，更自称为爬格子动物。其实梁实秋先生也戏称他的写作为爬格子，其最高速度为一天爬五千格，不知道老古的速度为何？

他多产，专书一本接一本，鸿文一篇接一篇，总予人高速的感觉。不过，我看老古的著作，与某些海阔天空的杂文和天马行空的小说不相同，老古所评必有文本为据，所议必有史料为准，不能只靠常识和想象。台、港作家作品的庞大数量之外，还有社会、政治的复杂背景，要论述精准无误，连圣贤都做不到。老古在一本台湾诗人的传记中，说："香港在英国殖民统治150年间，英文与中文都是官方语言。"这是传主所说，老古只是记录下来？还是老古自己的陈述？无论如何，事实并非如此。中文到了20世纪70年代，才获香港殖民政府列为官方语言；在此之前，"官话"由英文一语独秀。我当年曾参与"争取中文列为官方语言"运动，因此印象特别深刻。

打官司·"伊妹儿"

老古兼容并论众多作家的作品，有其泛爱的情怀，不过其褒贬自有标准、自有分寸。例如，在一本作家"评说五十年"的选集中，老古选了王开林的《从余勇可贾到余音绕梁》一文，作者王氏和选者老古，都极具眼光，还有胆识。老古与余秋雨的"官司"，热闹了一阵子。由多种直接或间接证据看来，正义是在老古这一边的。

老古身为大学教授，但不是长袖善舞那一类，因此少有大学的行政资源供他利用。他往往要依靠“外援”才能有经费参加各种学术研讨会。他有其广结善缘之处，甚至有其世故之处（入世深者谁能不世故呢），但据我所见所闻，老古世故不足啊！在公开场合，他与一德国学者“驳火”，因此自绝其开洋荤赴德访问、开会之路；他批评某香港文学书目之不当，因此令文学教授之有可观行政资源者视他为异类。他对当代某作家甚为推崇，著书述评其人其文，还撰文为他的言论平议、辩护。然而，在某一相关文章中，他劈头第一句就是“此人之所以引起某地文坛的反感，在于……”（大意如此），这样的开笔，不是人人都会产生好感的。唉，为人为文，岂能尽如人意呢？

当年我在香港教书，曾有过一个时期，有小量行政资源，邀请过一些内地的同行到校来演讲、来出席研讨会、来做研究。老古是其中一位。在校园内外，他一堆昨夜的头发总是伴着一堆新出的书刊，一仍其“侣书友书”作风，而与有香港特色的“马照跑舞照跳”毫无关联。

老古曾坦承没有行政资源，他申请成功所得的研究经费，与香港的大学动辄一百万五十万元相比，只是小巫。但他成果丰硕，这除了因为他不懈地研究和撰述外，还可能与他的一个“资源”有关：他的贤内助源源不绝地支助他，为他免费打字，鸿文大著之外，连一两行的“易妙”信件，也是他的“伊妹儿”为他操作的。

两袖清风·等身著作

远清兄为中华文学撰写分类文学史，编写作家的传记，编纂相关的史料、选集。这些自有其价值、贡献，且已使他远近驰名。从另一个角度看，某些编撰，则不啻是为人作嫁衣裳。老古快到“古来稀”的七十岁了，自行整理著作、编纂书目、编辑文友往来书信集、编辑对其人其文或叙或评的文集，不亦宜乎？不亦“自力庆生”乎？不正是为自己缝制漂亮的衣裳乎？我认识 W.K.Y.、L.K.L.、L.Y.L. 等诸兄都年过七十，但没有人为他们编过这类集子。我认识而辞世已逾十年的 S.Q.（L.Y.L.）、苏公等前辈，迄今为止也没有。老古自力庆生，值得肯定。自行编印对其人其文或叙或评的文集，此事当然有先例，卜少夫在世时即自行编印过一书，其书名好像是《卜少夫这个人》。

20 世纪 70 年代有“庄敬自强，处变不惊”的著名口号。自力庆生是“庄敬自强，处老不惊”的表现。其实七十古来稀而今则不稀。老古并不老，七十岁，仍在我说的“华年”阶段。老古和散文家思果一样，曾蒙头发“不白之冤”；老古虽然不老，近年却也已升级为“古老”了，且近年所见，古老之冤已雪，头上飘雪，华年有华发了。数十年来奉行“六书”的老古或古老，自行编纂集子，让更多人更深刻认识他学术不凡的丰富表现。没有巨资、没有大位，一介书生远清兄尽管两袖清风，而著作已等身、文名已远播。

写于 2011 年 3 月上旬

期许“粤港澳大湾区文学”芳香（BALM）飘逸

2019 年 7 月 6 日广州举行“粤港澳大湾区文学联盟”成立仪式，我应邀出席并致辞，讲词如下。

今天是个大日子。上个月，我一收到邀请，不假思索就决定来参加这个大会。很荣幸很高兴来参加。粤港澳大湾区，比世界有名的东京湾区和旧金山湾区都大，因此有个“大湾区”的大气名字。北京新的大兴机场即将建成启用，我们这里的港珠澳大桥已经通车。我国是大国，我们正在发展大湾区。

我来参加这个大会，更因为我是粤港澳大湾区的人。我牢牢记得大湾区 11 个城市的名字。我是怎样记住的呢？我曾摊开地图，指点江山，对小儿子说：看啊，港珠澳大桥连接的三个城市，另外有相邻两州即广州和惠州，有相邻两山即中山和佛山，加上从我家所在的深圳开始，顺时针绕一圈，这样连同江门、肇庆、东莞共四城，全部加起来不就是大湾区的 11 个城市吗？

我是粤港澳大湾区的人。这 11 个城市，或旅行或途经或参访或开会或教学或长期居住，我都有或深或浅的体验。香港我居住最久，其次是深圳，再次是澳门。

大湾区文学“衔华而佩实”

大湾区在经济、科技、教育、民生等等方面，已有大气表现，现在正加大力度继续发展，前景一片乐观。今天成立的是“大湾区文学联盟”，关键词是“文学”。古人认为文学是“经国之大业，不朽之盛事”，现在我们文学人已没有这样豪迈的信念。不过，文学仍然重要。文学是文字（语言）的艺术，而文字是文化最重要的载体。我们阅读文学、创作文学，是要继承我们祖宗的语言文字，要保持我们中国语言文字的生命力，使得它更活泼更美好。诗、散文、小说、戏剧是我们通常说的文学，殊不知歌词、影视剧本、广告词以至人人都会写的“微信”也是文学，最少与文学密切相关。

“大湾区文学联盟”的使命在促进大湾区内各地文学的交流合作、发展创新，在彰显大湾区文学的成就。在联盟将举办的各种业务各种活动中，我认为其一应是创办一本属于大湾区的文学杂志。大湾区内的穗、港、澳、深等地都各有其文学杂志，要办的这一本是为整个大湾区的。

我国文学理论经典《文心雕龙》认为好的文学应该“衔华而佩实”，意思是充实的内容和优美的形式兼备；这本杂志应该有此特色。就暂时把她称为《芳香》吧。大湾区 11 个城市中，中山的市花是菊花，澳门和肇庆的市花都是荷花，东莞和佛山的市花都是白玉兰（香港是洋紫荆，广州是木棉，深圳江门惠州珠海都是勒杜鹃），飘送的芬芳已然扑鼻；广州名为花城（有大型文学杂志就叫作《花城》），香港的名字中香味可闻。芳上添香，大湾区简直是个超级大花园了。

文学可以“缺德”地批判，可以“歌德”地表扬。大湾区内不同城市对文学的“取态”不尽相同，其“德性”不无差别，但这本《芳香》要同心同德地侧重“歌德”。唐代韩愈有著名的“不平则鸣”说。作家应该为自己和世间种种不善不美不幸不平而鸣；也应该“鸣其盛”，鸣社会、国家以至世界之繁荣太平兴盛。

杂志《芳香》洋名 BALM

《芳香》应把一半或更多的篇幅给予报告文学和旅游文学。前者把区内的杰出人物和非凡事物加以报道、表扬；后者描述区内众多的自然和人文胜景，以吸引旅游者的兴趣。她也可小量刊载区内作家优秀的散文、诗歌、短篇小说；题材与大湾区有关最好，篇幅以短小为佳。还可以择要刊登区内各地的文学新书出版消息，以及与大湾区有关的各种文学活动资讯，借此引起读者参与活动的兴趣和进而阅读作品专集的兴趣。

大的东西，不一定就好，大而且好，就不同凡响了。大湾区内穗深港澳等城市在经济、科研、民生、文化各方面的表现，已有种种的美好；今后的发展，应该更“大”且更加美好，这就可用古罗马朗介纳斯的“雄伟”（sublime）来形容，用我国刘勰的“壮丽”来形容了。《芳香》刊登的作品，表现种种新气象、大气象；“衔华而佩实”，文字力求清新活泼，可读可赏，技巧上有创新（但不走火入魔），像大湾区的鼓励创新一样。《芳香》有大气象，但杂志的开本不要太大；她精美，但不要豪华；

她图文并茂，但不要“图腾”，即图像喧腾，以至喧图夺文。

如此这般的《芳香》，应能符合“联盟”设立的雄心；其雄心包括使得大湾区文学具备国际性，使大湾区文学成为“国际文学版图中璀璨夺目的区域板块”。兹事体大，登高自卑的做法是编印《芳香》的英文版本。这可有两个方式：参照台湾《光华》杂志以及多种航空杂志的一本双语方式；另行编印、发行一个英文版。为什么有《芳香》这个名字呢？因为其英文版可称 *Bay Area Literary Magazine*（《大湾区文学杂志》），其简写是 BALM。balm 的意思是香膏，是芳香；大湾区文学，芳香飘逸。

写于 2019 年 6 月杪

学者散文：博雅而有文采

中华学者论“学者散文”

有人说学者散文就是有学问的人写的散文。不过，这个说法并不能作为学者散文稳妥的定义。我们以文论文，可以这样解释学者散文：表现出相当密度的知识（尤其是人文学科的学问）、并且有思想性、最好有文采（包括机智）的散文，是为学者散文。有学问的人写出来的散文，不一定具有这些特色，所以把学者散文定义为“有学问的人写的散文”并不准确。我们不宜以人论文。数十年来对学者散文有种种解说，这里为学者散文所下的定义，是概括、斟酌这些说法而来的。

在 1963 年发表的一篇文章里，余光中把散文分为四型，其一为学者散文。它“包括抒情小品、幽默小品、游记、传记、序文、书评、论文等，尤以融合情趣、智能、和学问的文章为主。它反映一个文化背景深厚的心灵，往往令读者心旷神怡，既羡且敬。”1981 年梁锡华在其题为《学者的散文》的一篇力作中，引录了上述余光中的话，并指出王力、钱锺书、梁实秋的“作品属于学者散文中的幽默小品，都能‘融合情趣、智慧、和学问’”。梁锡华强调学者散文中的幽默讽刺成分，对他来说，“博识和机智”是学者散文的特色。

在余光中、梁锡华之后，喻大翔也论述了学者散文。他在1999年撰成博士论文《用生命拥抱文化——中华20世纪学者散文的文化精神》，2002年修订后出版。喻氏说：“本书所谓学者散文，主要指百年来各门学科中专业学者创作的，具有现代思维特征、价值取向、理性精神、知识理想、心理内容等质素的，各种类型与文体风格的散文作品。”

20世纪90年代，范培松、曹惠民、朱寿桐、吴俊等也曾就当代的学者散文分别发表评论。张振金在其《中国当代散文史》中，论及梁实秋、陈之藩、林文月等台湾的学者散文作家，并说他们是“一个突出的散文群体”。在朱栋霖等主编的《中国现代文学史1917—2000》里，学者散文成为一个文学史的名词。本书在论述20世纪80年代的香港散文时，相关章节的撰写者方忠指出“学者散文的勃兴”，并以学者散文家梁锡华和董桥的作品为重点评论对象。同书相关章节撰写者丁晓原在宏观20世纪90年代散文时，强调“文化散文”的重大成就，而“学者散文是文化散文中一种重要的存在”。方、丁在说明学者散文的特色时，都指出书卷气、理性和趣味是其特色。

西方似无“学者散文”这个名目

在中国当代文学史定了名、定了位的学者散文，在西方当代文学论述中，却无名无位。夏志清在1975年论《镜花缘》的文章中，用scholar-novel（学者小说、文人小说）形容李汝珍这部长篇小说；但夏氏没有提及任何西方的学者小说，或学者小说家。西方文学史家或批评家的论著中，似乎也没有学者散文一词。波士顿大学新闻系教授、哈佛大学英语兼任教授伦斯·莫罗（Lance Morrow），曾为《时代》（*Time*）杂志撰写多篇时人时事评论，其文章知识密集、思想深刻、辞采斐然，笔者认为是当行本色的学者散文，对其特写“十年风云人物”戈尔巴乔夫（Gorbachev）那一篇，尤其欣赏。然而，莫罗在美国并没有学者散文家这一称谓。

古罗马的西塞罗，以及法国的蒙田，其散文的学识与理趣兼之，就如同苏轼的《前赤壁赋》一样，也可称为学者散文。不过，西方古代似乎也没有这个名目。美国学者伦汉穆（R.A. Lanham）剖析散文这一文体时，辨识了高、中、低三种风格，其高风格（high style）者有重视修辞、文学性强、多用拉丁化词汇等特色。高风格散文较为接近这里所说的学者散文。

西方的情形大概如此，我们暂时就以学者散文为中国文学的专有名词吧。当代中华文学学术界瞻仰西方理论的马首，很多人都是“后现代主义”“后殖民主义”等的“后学”。在这样的环境中，我们不妨更“唯我独尊”一下，不看“马首”而回顾“龙头”：以《文心雕龙》的言说（不用西式的 discourse 即“话语”一词）来说明学者散文的特色。

博雅而有文采

刘勰推崇儒家，论文、论人以典雅为尚。《文心雕龙》的《通变》

篇和《神思》篇强调作家要“宗经诰”，要“积学以储宝，酌理以富才”。《诸子》篇认为“大夫处世，怀宝挺秀；辨雕万物，智周宇宙”（大丈夫在世上，学问广博如怀抱珍宝，出类拔萃；论述、剖析万事万物，用智慧认识整个宇宙）。可见对知识、智能之重视。《杂文》篇开宗明义把扬雄、曹植等几种文体（即“杂文”）的作者，称为“智术之子，博雅之人”；这正好借来形容今日的学者。《体性》篇说作者为文，风格如何，与其性情相关，有“吐纳英华，莫非情性”之语。摘取这里“吐纳英华”一语，和上面的“博雅之人”连接在一起，我们可以说，表现“博学高雅的人”“出众的思想和文采”的散文，就是学者散文。

博雅即博学、文雅；有人用博雅二字来翻译英文的 liberal arts 一词。《韦氏新世界大学辞典》这样解释 liberal arts：现代大学里的一类课程，包括文学、哲学、语言、历史，以及科学概论等，以别于职业性技术性课程。这里所举的几个科目，主要就是中文说的“文史哲”。美国有以 liberal arts 为主的学院，中译为博雅学院。

写于 2007 年 9 月

香港文学：中西新旧交汇的典型

香港专栏文学独盛

香港是自由港，香港人自由讲。自由港和自由讲，这里要用大多数人用的粤语来读，二者才同音。香港还是亚太金融经贸中心。有自由，且是中心，中国的南方人北方人、地球上东方人西方人聚会于此，中国文化西方文化交会于此。香港的文学兼容中西新旧，汇聚各种文体和作家，活泼纷繁；刘以鬯和陶然先后主编的一本月刊，名为《香港文学》，多年来更兼容世界各地作家的中文作品。

香港 1842 年开埠前已有山歌、诗词之类；后有报刊面世，其副刊有游记、散文、评论，王韬为重要作家。1928 年第一本白话文学期刊出现。20 世纪 30 年代本地与南来作家众多，文风大盛。1949 年前后南来了一大批文人，如徐讦、徐速等。20 世纪 50 年代左、右派都出版刊物，间接培养了本地年轻作家。20 世纪 60 年代武侠小说、现代诗歌、现代小说兴盛或兴起，专栏杂文崛起；言情小说一向受欢迎。战后出生的本地作家 20 世纪 70 年代崭露头角，另有南来作家创作“文化大革命”文学。20 世纪 80 年代起有“九七”文学，有大型文学奖的设立、文学节的举办。20 世纪 90 年代起，香港政府用大笔经费支持多种文学活动。

专栏文学之百家争鸣，蔚为奇观。十三妹、三苏、司马长风、罗孚、胡菊人、戴天、林行止、岑逸飞、黄仲鸣、陶杰、马家辉等等，作者阵容鼎盛，香港全民皆为专栏的读者。香港的专栏文学，举世无匹；我们可既严肃又诙谐地说，诺贝尔文学奖应集体颁给全港的专栏作家。言情、武侠、科幻小说，以及流行曲（内有一些文学性强的歌词），则风行全球华人世界。林燕妮、亦舒、李碧华、张小娴、梁羽生、金庸、倪匡、陈蝶衣、黄霑、许冠杰等都是翘楚。典丽的诗词、博雅的散文、前卫的小说、明朗而耐读的现代诗，也各有知音。在读者心目中，下面举例的一些名字甚有分量：饶宗颐、苏文擢、曾敏之、黄坤尧、梁锡华、董桥、黄国彬、刘以鬯、西西、董启章、余光中、胡燕青、王良和。

新诗颂杜甫·旧诗迎九七

香港的文学诚然中西新旧交汇。专栏杂文的狭窄框框里，有广阔的言论空间，作者用文字自由讲，可宣扬孔子的仁、基督的爱；可痛批古代的缠足、挖苦当今的隆胸。陈耀南用对联写澳洲，何沛雄以赋体咏洛阳。刘以鬯用意识流写《酒徒》，刘绍铭用章回体撰《二残九七游记》。莎士比亚笔下的 Hamlet 汉化为汉穆莱，变成五代的王子，何文汇自编自导自演《王子复仇记》。

香港的诗人用新诗的形式歌颂屈原和杜甫，用旧体诗词的形式吟诵“九七”。旧体诗词这个载体，尽多切时切地的内容。人称为曾老总的曾敏之，2007 年 9 月有词题为《〈文综〉远引——调寄八声甘州》，内容如下：

看华文，正遍播西东，一挥起长虹。念侨奔海外，历辛刻苦，创业勤工。今喜神州大地，破史尽葱茏。国事需群力，民意欣从。众望作家椽笔，促和谐主客，桥谊沟通。立缥缃毂馆，教化铸春融。更宣仁，全球赞许，倡和平，称誉盖寰中。继传统，优良典籍，世纪恢弘。

此篇乃为《文综》杂志的创刊而写，曾氏以豪迈之情、铿锵之声概说了《文综》以至所有华文文学创作者和研究者的使命。仁义是儒家的核心思想，能行仁义，则世界必和平；我们要继承、宣扬中华的优秀传统，开创恢宏的新世纪。篇中“民意”“和谐”“沟通”“全球”“和平”“世纪”等都是新的词汇、意念，是一千年前以《八声甘州》等词著名的柳永意想不到的。黄坤尧有文章论曾氏的诗词，他说“曾敏之诗流露敏锐跳跃的诗心，充满时代的动感，表现中华文化的博大气象，明朗壮阔”，为中肯之论。黄氏本人以旧体诗词咏写当代的人和事，庄谐都有，也驰誉于时。他为是次研讨会而写的《香港文学中西与新旧交汇赋咏》：

旧学商量已两回，前缘再续八仙隈。
中西交会追鸿雪，今古融和灿斗魁。
经国文辞传不朽，戏言雅俗证如来。
蝉鸣荔熟一杯酒，联合宏开高讲台。

再一次说明旧体裁可容纳新内容，新旧可以交汇。

混杂证“后殖”·茶啡成“鸳鸯”

香港的文学活泼纷繁，有后殖民主义（post-colonialism）论者说的混杂（hybrid）、多元（diverse）。我们也可说是合璧，就像供应“鸳鸯”的“茶”“餐”厅的交融合流一样。香港文化界有人认为茶餐厅中西交融，极具特色，应向联合国申请列为世界文化遗产。黄子程近日在其专栏中告诉我们，有一位“外国妹研究员”（意为外籍年轻女性研究员）正在“调研”，要用英文写一本《香港茶餐厅》的书。其实中华文化人本来就有博古通今、兼顾中外的理想；文学艺术本来就有“望今制奇，参古定法”（《文心雕龙》语）、“转益多师”、“博大兼容”的原理和表现。

香港最利于中西新旧的交会。美国是政治经济超强之国，文化有种种的交会；但她的历史不够长，一般国民甚至知识分子对东方的认识也有限。然而，就以1922年发表的世纪名诗——艾略特的《荒原》——而论，此诗汇聚欧洲多国语言、神话、文学于一篇，但涉及东方的，只有寥寥几个梵文词汇而已。同时代乔艾斯（又译乔伊斯）的另一世纪著名小说《优力西斯》（又译尤利西斯），涉及东方的，大抵也如此。美国汉学家宇文所安（Stephen Owen）专研中国诗学，我读他的《他山的石头记》中的论文或“散文”，无论英文原著或中文译本，如《刳落的文学史》《刘勰与话语机器》，都只见中国文学，几乎全不及西方文学，简直可说只有中而没有西。这些文章并没有中西古今兼摄而使我“感到好奇与着迷”。

香港：中西交汇最显眼亮丽之地

香港的学者、作家就不同。中西新旧交汇的文化杂志《明报月刊》主编潘耀明，为月刊所写的《卷首语》中，常常中西兼容。例如，在六月号那篇赞扬香港人黄福荣、施婆婆善心善事的文章中，潘氏就引述西方蒙田和雪莱的名言。在《伦敦时报》和《纽约客》的同类文章里，我们会发现杜甫和苏轼的话语吗？20世纪80年代沙田有一小群作家，包括余光中、梁锡华、黄国彬等，下笔时中西逢源、新旧兼采，极能说明香港文学这中西新旧交会的特色。目前仍在沙田工作的黄国彬，月前在《香港文学》发表一篇散文，记述在莎士比亚故乡做研究、观莎剧的事。一位香港学者研究西方文学，这已有中西的关系，他的文章中更是中西新旧交汇。他观莎剧，发现有新风尚，乃议论如下：

> 几十年来，我一直赞成种族平等、种族融合，认为黄种人、白种人、黑种人都是神的儿女，没有谁高谁低之分……可是，种族平等的崇高精神，不必在莎剧上演时“体现”。要黑人女子在斯特拉福剧院演西泽妻子，就像要白人男子在北京或上海剧院演行吟泽畔的屈原。当然，在白人国度上演《屈原》时，让白人演员与湘君、湘夫人在珠宫贝阙里共饮桂酒兰浆也无妨。……在莎剧发源地的英格兰，在斯特拉福的皇家莎士比亚剧团内，出色的白人女子

演员多的是；何必矫枉过正，找一位黑人女子演西泽之妻呢？……超级大师的戏剧，需要周星驰效果来吸引观众吗？……在《尤利乌斯·西泽》中，主角是叱咤风云的英雄，一举手、一投足都要有王者之风，……西泽像唐太宗和奥古斯都一样，在舞台上动作不宜太多，否则就显得轻浮，有失王者风范。

黄国彬在同一篇文章中“秀”（show）出中国的北京、英国的斯特拉福，中国古代的屈原、湘君、唐太宗，西方古代的西泽、奥古斯都；当今的上海剧院和皇家莎士比亚剧团，以至香港的周星驰，也上场了。

一代宗师钱锺书，更是古学今学东学西学，如百川汇流于其胸、涌现于其笔。不过，众多学者、作家综合起来，整体地、平均地说，环顾各地，以言文学、文化的东方西方新的旧的交汇，则香港应是典型，而且大概是交汇得最显眼亮丽的地方。

写于2010年6月，此为是年6月25日香港中文大学中文系、香港作家联会等举办“中西与新旧——香港文学的交汇”研讨会上的文章。

香港中文大学校园的“文学家之径”

从德国和日本的“哲学家之径”说起

春日重读《沙田七友记》，还重访沙田的香港中文大学校园。近年到母校港中大开会或演讲，都像“解忧所”的温馨提示一样，“来也冲冲（匆匆），去也冲冲（匆匆）”。最近（2018年）4月中旬这一次在中大参加活动，妻儿同行，我不再匆匆，而是从从——从从容容了。

我在校园指点海山，对犬子说，远处是平静的吐露港，更远处是雄奇的八仙岭和马鞍山；当前举头所见，则是俊男型的新亚书院水塔，和美女型的联合书院水塔。儿子看不出来俊男和美女的风姿，我只得实行“修正主义”说道：水塔一个线条阳刚，一个阴柔。儿子微微表示相信这个二分法。我转而说：“我们所走这条路的两旁，种的是相思树，你同意这说法吧？”12岁的少年，还不到相思的年龄；不过，老爸向来半劝导半强逼小子“何莫学乎诗”，正因为读诗可“多识于鸟兽草木之名”。相思树的名与实他是认知的。踏着路面稀薄残存的相思树黄花金粉，我对妻儿说：脚下这条“大学道”向前延伸，是中大著名的路径。

20世纪80年代我有欧洲壮游，在德国开会，曾匆匆游览海德堡；时不我与，对依山而建的海德堡大学，只能隔着尼卡（Neckar）河，在彼岸远观。大学里有“哲学家之径”（Philosophenweg），据说此径四时花木不同，还有一座花园，海大的教授漫步于此，冥想于此。在晴天边散步边俯视山下，则绿河与红堡，灿灿生辉，好像思想的灵光闪闪。中大的社会学者金耀基教授兼擅散文，其《海德堡语丝》称此径为“哲人路”；想象中他敬佩的韦伯（Max Weber）就在这条路上沉思悟道，成为其哲人。

日本的京都大学，则有“哲学の道”（Tetsugakunomichi），20世纪90年代我有缘踏上。这条小径沿着运河，一端是银阁寺，一端是禅林寺；中间花木扶疏，樱花是其“花魁”。樱花祭时节，小径挤着大众，激情热闹，和京大教授或学生沉思悟道的幽静是两个世界。我那年的游历在秋天，只见枫红，没有樱粉。据说“哲学の道”一名由西田几多郎教授而起，他创了“京都学派”。

宋淇、李达三推动内地香港学术交流

西洋和东洋的大学都有哲学家之径；中华的大学，岂能没有学者沉思之路？酝酿经年，国内刘介民教授2010年出版了他和中大李达三（John J. Deeney）教授30年间的往来书札，以见证中国比较文学的发展。他请我为此书写序，序言里我提出中大“比较文学家之径”这个名称。比较文学指不同语言、不同国家的文学的比较，例如对莎士比亚如何影响德国作家的研究，或者对中国陶渊明和英国华兹华斯两个诗人作品的比较研究。香港向来中西交汇，一般知识分子兼通中英文，是学术上中西比较研究的沃土。20 世纪 70 年代中期，中大中文系多了兼治中西文学的教授，又从台湾聘来了几位比较文学的学者，一时间比较文学在中大发展成为显学。

1978 年起国内推行改革开放政策，知识分子希望多认识世界的学术文化。开放的国人，放眼看哪里？最近的地方是中西交汇的香港。面积一千平方公里的资本主义殖民地，有千新百奇值得内地同胞观摩的事物，可供有中国特色的社会主义社会借鉴或批判。中大自此迎来很多内地学者，文学方面，十年间至少请来数十位青壮年学者或作家到校访学。宋淇主持的“翻译研究中心”扩充成为“翻译与比较文学研究中心”，在同事李达三主力筹划经营下，内地学者如乐黛云、刘介民、曹顺庆、张隆溪、王宁等等先后来访。他们一般居留二三个月，在校内做研究，做报告，交流活动极一时之盛。

宋淇涵养中西，虽然不以比较文学家自命，对相关学者的治学却抑扬褒贬，议论风发且风趣。台湾和香港的比较文学研究，那时流行用西方理论分析中国文学，台湾大学外文系主任颜元叔是位“领军”人物。他曾把古诗《自君之出矣》“思君如明烛”一句的蜡烛，解释为男性器官；此论使得同在台大的叶嘉莹大为不悦不满，笔战遂起。中大几位学者隔岸观战，谈笑间宋淇幽默地说：“糟糕，男人惨了，李商隐有‘何当共剪西窗烛’的句子啊！”宋淇交游广，与《红楼梦》英译者闵福德（John Minford）讨论这本中国名著在西方的“接受”，有“《红楼梦》

西游记”的隽语名篇。

李达三接待内地学者，提供种种协助，又从事合作研究，与刘介民最为相得，成果甚丰。国内学者在校园里论学，向西方取经之际，认识到有中国特色理论的重要。我在中文系任教，重视《文心雕龙》，希望发扬这部经典，不让西方的文学理论独霸天下。李达三是洋人而提倡比较文学的“中国学派”，年轻学者曹顺庆知之欣然，发扬并增益其说。当年访学的国内青壮年比较文学学者，天赋聪颖加上勤奋钻研，后来纷纷成为这个学科的中坚以至重镇；当中成为学院院长、长江学者、学会会长的甚多，更有成为国际比较文学学会会长的。

设想一条香港中大“文学家之径”

当年国内各地的比较文学学者之外，还有欧美的如佛克马（Douwe Fokkema）、雷文（Harry Levin）、奥椎基（A. Owen Aldridge）等来访，依山而建的校园，其大学道和士林路最常见他们的足迹。沿路有教授办公楼、大讲堂、图书馆、文化研究所、大学宾馆和教授宿舍等建筑，路旁有花木，种植最多的是相思树。山径蜿蜒，亦如思维迂回辩证；路上可仰观俯视山和海，景象宏大，亦如思想壮阔广远。从大学道上坡转弯续行，终点是后来才兴建的“天人合一池”——金耀基校长称之为香港第二景的。（有人问：“第一景是哪个？”金校长说没有第一景。）

中大的“比较文学家之径”我提出了多年，去年四川师范大学的张叉教授作访谈，我再道及。4 月中旬与妻儿漫步，我又提旧话，并指着士林路旁的伍宜孙书院说，从前这里是大学宾馆，巴金啊，王蒙啊，都住过，我与同事都来拜访过。他们——还有来访的很多各地作家，以至最近 4 月中旬尚在校园的王安忆——自然也在路上留下了足迹。三人漫步漫谈，地面相思树的金粉依稀可辨，妻子想起早上拍过合照的王安忆，说："历来各地作家走过这条路的也很多啊！"是的，比较文学家之径名称狭窄了，称为"文学家之径"较佳。（当然，也可扩大称为"文化之径"，中大的校训是"博文约礼"。）

1974—1985 年在中大任教的余光中，曾在其散文《春来半岛》写道："到了四月中旬，（大学道旁）碧秋楼下石阶右边的相思丛林，不但换上鲜绿的新叶，而且绽开粉黄如绒球的一簇簇花来，衬在丛叶之间，起初不过点点碎金，等到发得盛了，其势如喷如爆，黄与绿争，一场油酥酥的春雨过后，山前山后，坡顶坡底，迎目都是一树树猖狂的金碧，正如我在诗中所说，'虚幻如爱情故事的插图'。"我想为本文找一幅"文学家之径"的插图，看到中大出版的书册中有一幅画，画中有山有花有树有径，却无建筑物，树上也无叶子。它只能虚幻地表意而已。"虚幻"？这里所记是 20 世纪的故人故事，当年的盛况，追忆时也显得有点虚幻了。

写于 2018 年 5 月